COLLECTION FOLIO

Marie-Hélène Lafon

L'Annonce

Gallimard

Le papier est bon âne.
Ce qu'on lui met sur le dos, il le porte.

Proverbe

Pour Jacotte et Marcus

Annette regardait la nuit. Elle comprenait que, avant de venir vivre à Fridières, elle ne l'avait pas connue. La nuit de Fridières ne tombait pas, elle montait à l'assaut, elle prenait les maisons les bêtes et les gens, elle suintait de partout à la fois, s'insinuait, noyait d'encre les contours des choses, des corps, avalait les arbres, les pierres, effaçait les chemins, gommait, broyait. Les phares des voitures et le réverbère de la commune la trouaient à peine, l'effleuraient seulement, en vain. Elle était grasse de présences aveugles qui se signalaient par force craquements, crissements, feulements, la nuit avait des mains et un souffle, elle faisait battre le volet disjoint et la porte mal fermée, elle avait un regard sans fond qui vous prenait dans son étau par les fenêtres, et ne vous lâchait pas, vous les humains réfugiés blottis dans les pièces éclairées des maisons dérisoires. Au début, en juin, en juillet, tout avait été tellement nouveau dans ce pays stupéfiant sous la lumière débridée qu'Annette n'avait pas vu, pas senti. Sauf un soir ; plus tard en hiver, au plus noir de février, elle s'était souvenue du lundi de juillet où avait éclaté le seul véritable orage de ce premier été si sec et si chaud. Paul l'avait dit vers cinq heures, ça serait sévère, il faudrait débrancher la télé, une fois, l'autre année, on ne savait plus quelle année, les oncles avaient dû remplacer le poste. L'orage avait été pour Annette et Éric un spectacle neuf et sauvage, ils avaient attendu dans la pièce dévorée d'ombre, en retrait des trois fenêtres dont les vitres tremblaient, ils avaient attendu sans rien reconnaître du pays parcouru de convulsions violentes et noyé sous une pluie brutale, épaisse, grise, horizontale. Paul était remonté de l'étable un peu plus tôt, se réjouissant de n'avoir plus d'herbe fauchée ni de récoltes d'aucune sorte à la merci des aléas météorologiques ; il avait allumé le plafonnier et raconté les folies de Lola, la chienne, que tout orage, si modeste fût-il, poussait à d'étranges extrémités ; elle était pour l'heure en bas, réfugiée et réduite à sa plus mince expression, pliée en mille sous l'évier dans le placard des produits de ménage qu'elle avait dévasté sans vergogne pour s'introduire en son tréfonds. On avait ri et mangé distraitement en comptant les éclairs, tandis que Paul racontait comment les oncles, quand ils étaient jeunes, avaient vu le trait de feu de la foudre traverser de part en part la grande salle, de la porte à la fenêtre du fond dont les montants vermoulus avaient été

14

arrachés. Les oncles, les deux, parlaient avec les mêmes mots empesés d'une révérence sourde de cet orage du trait de feu qui leur avait tué trois bêtes jeunes dans le pré du haut. Un peu avant huit heures, le vacarme s'exaspérant, la lumière, après quelques intermittences prémonitoires, s'éteignit, et Paul, impérial, alluma les trois bougies qu'il avait, au moment de passer à table, extraites du tiroir des réserves. Éric s'inquiétait de Lola, on le devinait aux aguets, désemparé par cette brutale défection de la chienne. Dès le premier jour ils s'étaient entendus ; dès le premier soir Éric avait pu prendre Lola dans les bras au grand dam de Nicole, la sœur de Paul, qui s'était étonnée à bas bruit derrière sa frange raide, de voir ainsi conquise, éprise et embrassée, cette bête rétive que l'on avait eu toutes les peines du monde à dresser et qu'il ne faudrait pas déranger en lui faisant trop de manières maintenant qu'elle commençait à aller aux vaches comme il faut et à se rendre utile, ce qui était le rôle des bêtes dans une ferme ; le gamin devrait le comprendre, à la campagne les bêtes travaillaient on les nourrissait pour ça et pas pour rien ou seulement pour la compagnie comme en ville où on avait les moyens peut-être. Le lendemain du grand orage, après une courte nuit hachée de réveils solitaires auprès de Paul enfoncé dans un sommeil parfait, Annette s'était étonnée de retrouver chaque chose à sa place, les arbres de la cour, le portail du jardin, le toit du hangar, les brassées de phlox à peine chiffonnées, et plus loin vers le Jaladis, le friselis des bois impavides. Comme cet orage d'apocalypse, les nuits de l'automne et de l'hiver laissèrent d'abord Annette sans recours. Elle résista, elle ne voulait pas être emportée, elle ne le serait pas ; Paul tenait à ses trois fenêtres nues, sans rideaux, luxe qu'autorisait, en un pays où chacun se souciait de n'être pas vu, la situation de la maison à la sortie du hameau, et le fait d'avoir contre l'avis de la tribu élu définitif domicile à l'étage, autant dire dans la grange. Annette comprenait que voiler les fenêtres, les accabler de rideaux serait pour Paul une lourde concession à la loi commune et pour elle l'aveu d'une défaite. Il fallait supporter, et trouver le nécessaire secours dans les gestes prévus et répétés de tâches repoussées jusqu'à ce moment fatidique, dans la présence d'Éric qui rentrait de l'école vers cinq heures, ou, en dernière extrémité, dans le ronronnement commode de la télévision. Elle n'aurait pas imaginé ça, cette lutte contre la marée galopante qui, dès le milieu de l'après-midi, sourdait de toutes parts, et ne refluait pas, ne cédait pas. On n'avait pas les moyens de juguler, c'était organique et souverain, brutal et sans appel. Annette allumait les lumières de la pièce et avait disposé une lampe de chevet trapue et jaune près de la fenêtre du milieu, la plus nue entièrement vouée aux prés et aux bois, à ce moutonnement dru dont la seule vue à certaines heures la terrassait de frissons. Paul ne dit rien les premiers soirs et demanda ensuite pourquoi, à cet endroit, cette lampe qu'il voyait depuis les hangars. Annette aurait voulu expliquer, raconter ; Bailleul ou Armentières, les petites villes où elle avait grandi, vécu, et l'éclairage public qui, fût-il chiche, contenait la nuit la perçait l'écharpait, même si, contrainte et traquée, elle trouvait encore refuge dans certaines rues écartées privées des plus récentes commodités. Annette aurait voulu mais toujours les mots manquaient. Elle avait seulement parlé d'une façon de rendre la maison accueillante et d'un usage transmis par sa mère. Plus tard elle avait pensé à la dépense supplémentaire, et surtout à Nicole qui remarquerait la lampe et ferait ses commentaires aux oncles. On le saurait, les oncles glisseraient une réflexion ; pas une question. Ils ne posaient pas de questions à Annette et à Éric, ils leur parlaient comme s'ils eussent été très loin et semblaient regarder autre chose au travers de leurs deux corps étrangers, tombés d'ailleurs, du nord du monde de la ville, par le vouloir radical et le singulier truchement de Paul, le neveu, qui n'avait pas su rester sans femme. Il n'en était pas à sa première tentative. Après avoir couraillé de-ci de-là comme font les jeunes dans les bals, il avait avant même la trentaine signifié aux oncles qu'il ne serait pas sur ce point leur digne émule, qu'il ne les suivrait pas pour finir seul avec sa sœur à Fridières, confit en ordinaire insularité. Par Nicole ou par lui, voire par les deux, du sang neuf entrerait dans la maison ; et il avait présenté une Sandrine de vingt ans. Pour elle, une fille de postier qui étudiait à Aurillac et deviendrait infirmière, il avait promptement éventré la grange et bâti le logement de l'étage, travaillant le jour et la nuit, abîmé pendant près de deux ans dans son chantier quand il n'était pas à l'étable, ou dans les prés, ou sur les machines. La demoiselle, car demoiselle il y avait, menue, ne tenant pas en place, rieuse, la voix haut perchée, s'établirait en libéral à Fridières et sillonnerait sans faiblir les routes de ce canton où des vieillards de plus en plus nombreux et accablés d'abandon ne manqueraient pas de faire appel en foule à ses diligents services. Les oncles, peu soucieux de défier sur ce chapitre délicat un neveu éperdu de certitudes, laissèrent la jeunesse s'ébaubir et n'eurent pas la cruauté de triompher ouvertement quand Sandrine, dépêchée en stage à Brive, jeta son dévolu sur un pharmacien confortable. L'hiver fut rude ; hébété, Paul eut trente ans et s'obstina à camper seul dans les vastes pièces taillées pour un autre usage. Au printemps il devint sauvage et sa rage s'abattit sur le travail et sur les méthodes périmées des oncles qui en usaient comme des brutes médiévales et devraient se soumettre ou se démettre. On se cabra, on éructa, on lança de fortes paroles ; Paul trouva à qui parler, Nicole joua sa partition, l'attelage vacilla. Le voisinage, averti bien que clairsemé, compta les points, avant que, au long de l'hiver suivant, l'affrontement atavique ne s'apaisât en un très prévisible statu quo, chacun et tous, jeunes et vieux, les quatre, étant là, entre bois terres bêtes et bâtiments, attachés tenus enserrés et livrés pour le temps de leur vie, Paul et Nicole l'apprenaient, à des forces antédiluviennes qu'ils n'auraient pas su nommer. Si Paul eut d'autres amours sans doute, il n'en dit rien et sembla aborder en célibataire résigné les fâcheuses brisées de la quarantaine. Aussi la muette stupeur des oncles n'eut-elle d'égale que celle de Nicole lorsque, à quarante-six ans révolus, il annonça en trois phrases, après le café, le premier dimanche d'avril, très exactement le dimanche des Rameaux Nicole s'en souvenait, qu'il ferait pendant le printemps quelques travaux d'aménagement à l'étage où, fin juin, viendraient vivre avec lui Annette, une femme de trente-sept ans originaire de Bailleul dans le Nord, et son fils de onze ans, Éric, qui entrerait en septembre au collège de Condat en sixième.

En juin le pays était un bouquet, une folie. Les deux tilleuls dans la cour, l'érable au coin du jardin, le lilas sur le mur, tout bruissait frémissait ondulait ; c'était gonflé de lumière verte, luisant, vernissé, presque noir dans les coins d'ombre, une gloire inouïe qui, les jours de vent léger, vous saisissait, vous coupait les mots, les engorgeait dans le ventre où ils restaient tapis, insuffisants, inaudibles. Sans les mots on se tenait éberlué dans cette rutilance somptueuse. C'était de tout temps, cette confluence de juin, ce rassemblement des forces, lumière vent eau feuilles herbes fleurs bêtes, pour terrasser l'homme, l'impétrant, le bipède aventuré, confiné dans sa peau étroite, infime. L'œil s'épuisait à ne rien saisir ; des odeurs s'affolaient, de foin de terre noire de chemins creusés de bêtes lourdes. Les portes de la voiture avaient claqué sur les aboiements de Lola, la chienne qui frétillait aux pieds du maître, bridée par lui, empêchée de flairer et de fêter les étrangers, comme elle aimait à le faire, accorte, la gueule fendue d'un sourire rose et blanc, saisie d'une irrépressible alacrité dès lors qu'un véhicule daignait s'arrêter dans la cour et y déverser sa précieuse cargaison. La cour était vide, ourlée de vent vert, écrasée de soleil neuf. Paul s'était d'abord tenu là, apaisant la chienne, lui parlant lui disant, c'est Annette c'est Éric ils vont habiter ici avec nous. Ils étaient restés les trois debout dans la lumière folle. La chienne avait léché les mains du garçon qui ne bougeait pas, et les yeux agrandis, buvait tout, la cour les arbres le trou noir du vieux four à pain où l'on remisait les outils, et les cages des lapins contre le mur du fond. Il s'était avancé vers ces bêtes connues, se plantant devant elles, comme enfoncé soudain dans la contemplation de leurs soubresauts, remuements et autres obscurs agissements. La chienne l'avait abandonné pour se tourner vers la femme dont les chevilles et les mollets blancs méritaient une indubitable attention, tout cernés qu'ils fussent de valises, de sacs, de cartons, que l'homme, le maître, empoignait fermement, les deux, l'homme et la femme, s'abîmant dans une commune agitation, entre voiture et maison, maison et voiture, tandis que le garçon leur tournait le dos, la nuque pâle et ployée, les bras lâchés le long du corps. La femme s'affairait, s'appliquait, pour que tout se fasse, pour que tout soit rentré, remisé, avant la très officielle présentation aux oncles et à la sœur, pour l'heure embusqués dans la cuisine, et qu'elle allait connaître, découvrir ; Paul lui en avait parlé, en courtes phrases serrées d'abord, dès la première fois au téléphone, et ensuite quand ils s'étaient vus, disant qu'il ne vivait pas seul dans la ferme mais avec sa sœur, Nicole, de onze mois plus jeune, et les oncles, l'aîné Louis, et Pierre, quatre-vingts et quatre-vingt-un ans, qui possédaient les terres et les bâtiments et avaient toujours habité là, étaient nés là. Il avait expliqué ; Nicole s'occupait de tout dans la maison pour eux les trois hommes, elle avait son permis, elle était très indépendante, et emmenait aussi les oncles, qui n'avaient jamais été bons chauffeurs, chez le médecin ou au Crédit. Les autres vieux du hameau et des environs, qui n'avaient pas d'enfants à proximité, comptaient sur elle pour les courses d'épicerie que l'on ne pouvait pas faire sur place au camion du père Lemmet ou pour les médicaments par exemple. À Nevers quand ils s'étaient rencontrés, en novembre, il avait beaucoup parlé de la sœur. Elle était comme sa jumelle, leurs parents les avaient laissés les deux ensemble à seize et dix-sept ans chez les oncles qui ne s'étaient pas mariés et n'avaient pas d'enfants. Ils étaient habitués, ils passaient toutes les vacances à Fridières. Les parents les casaient là, le père travaillait sur les routes, et la mère était débordée avec les cinq, deux garçons trois filles, qui venaient derrière, c'était trop d'enfants de tous les côtés pour un salaire de cantonnier et des ménages à droite et à gauche ; la mère ne pouvait pas être tout le temps dehors, chez les uns et chez les autres, elle avait déjà plus qu'assez à faire chez elle, et ces deux-là, Paul et Nicole, étaient venus trop tôt trop vite ; la mère et le père avaient dix-neuf ans et vingt ans, pour Paul il avait fallu se marier en vitesse, c'était rare à cette époque, personne n'était content, on avait eu la noce triste ; on avait d'abord pris un petit fermage en catastrophe, ensuite le père avait trouvé cette place de cantonnier qui lui plaisait bien, il n'aimait pas le travail de la terre et encore moins celui des bêtes. On avait habité dans le bourg, une maison humide et froide, les autres enfants étaient nés, trois ans après Nicole un tous les dix-huit mois ou presque. Paul se souvenait, il avait craché tout ça par morceaux, par blocs erratiques, comme abasourdi lui-même de se découvrir sur le tard si encombré d'images rugueuses. Elle écoutait en le regardant au visage, en regardant ses mains aussi, posées, qu'il avait fortes, longues bien que carrées, puissantes, étonnamment soignées ; elle comprendrait plus tard à Fridières quand elle le verrait, plusieurs fois par jour, les laver tourner et retourner sous le robinet de l'évier, comme les massant, et ne manquant jamais, avant de repartir pour l'étable, les prés ou la grange, de les enduire d'une sorte d'onguent gris qu'il appelait la graisse à traire et dont il oignait aussi le pis des vaches. Elle apprendrait ça, la graisse à traire et le pis fragile des vaches. À Nevers, quand il avait parlé, confiant et assoiffé, les mains posées, elle avait senti quelque chose se serrer dans son ventre, au fond au fond ; surtout quand il avait dit que la sœur et lui, Nicole et lui, avaient été laissés là chez les oncles comme des petits d'une portée trop nombreuse. Leur mère n'était pas très âgée, elle vivait encore, la tête perdue après une sorte d'attaque, dans une maison de retraite d'Issoire où habitait une sœur puînée. Le père était mort depuis longtemps. Les relations avec les cinq frères et sœurs plus jeunes s'étaient distendues, ils n'étaient pas paysans, aucun des cinq, ils avaient métiers et maisons et enfants près de Lyon, Saint-Étienne et Clermont-Ferrand. Un frère et sa femme avaient gardé le bien des parents, une bicoque de bourg étroite et rechignée. Paul, qui passait parfois devant la maison en voiture, ne s'arrêtait pas, n'entrait pas, même quand, pendant deux ou trois semaines en août, les volets s'ouvraient sur une courette goudronnée où s'alignaient au cordeau quatre pots de géraniums ou de pétunias. Au moment où la mère avait été placée en maison, une machine à laver et une gazinière usagées leur étaient échues en partage à eux, les deux de Fridières. Paul et Nicole n'avaient besoin de rien, ils auraient le bien des oncles, terres et bâtiments, ça venait du côté de la mère née elle aussi à Fridières, sortie de là-haut pour tomber enceinte à dix-huit ans, seule fille et tard venue après les oncles de quatorze et quinze ans ses aînés ; mieux valait ne pas reparler du partage entre la mère et ses frères. Paul et Nicole n'avaient pas eu à batailler, comme les autres, pour se faire une place ailleurs, chez des étrangers, avec un vrai patron et un loyer et des traites à la fin du mois ; ils s'étaient retrouvés casés là-haut, sans se donner trop de peine, à travailloter tranquillement, avec la télé, les voitures et tout le confort ; les paysans vivaient comme tout le monde maintenant, même dans ces coins perdus, et les oncles, qui étaient de vieux célibataires organisés, aimaient leurs aises, on savait qu'ils avaient fait installer le chauffage central, et une salle de bains, et la parabole ; on n'allait pas laisser des parts d'héritage à des gens qui touchaient, en plus, toutes ces primes pour l'agriculture de montagne, et s'arrangeaient toujours pour crier misère, non mais alors.

Nicole s'occupait des vieux de très officielle façon, ses prestations tarifées étant encadrées par une association qui agissait dans tout le département en faveur des personnes seules, isolées, plus ou moins âgées, mais dont l'état de santé physique et mental autorisait le maintien à domicile. Pour les femmes comme elle, sans formation ni expérience professionnelle reconnue, c'était une aubaine, une fière occasion qu'elle sut saisir, ne renâclant pas à accomplir, nécessité faisant loi, des tâches peu ragoûtantes ou singulières. On n'avait pas les moyens dans sa situation de jouer les mijaurées de salon ; elle remplit son carnet de bal et visita dûment ses ouailles, preste, affairée, d'autant plus attendue qu'elle était une vivante gazette et s'entendait à discuter avec passion des affaires du pays, grandes ou petites, considérables ou mineures. On avait confiance, elle n'oublierait pas le traitement pour la tension et penserait aussi aux trois pieds de salade à repiquer dont elle ne savait plus que faire à Fridières avec ces acharnés du jardin qu'étaient les oncles. Nicole connaissait la carte et les gens et c'était autre chose qu'une étrangère qui n'aurait pas su prendre langue ou se serait effarouchée à la première neige. On la réclamait, elle le savait et, toisant Annette du haut de son piédestal de femme qui gagne son argent, elle en tirait une sorte d'orgueil dont les oncles ne manquaient pas de se gausser à la première occasion, répétant à l'envi qu'ils avaient, à domicile et sans bourse délier, la meilleure infirmière et dame de compagnie et lectrice distinguée des trois cantons. L'entrée en lice de la singulière Mimi Caté leur avait en effet fourni, des années avant l'arrivée à Fridières des deux étrangers importés du Nord, un supplémentaire sujet de sempiternelle glose railleuse. Il ne fallait pas confondre la Mimi Caté avec la Mimi du Bourg, ou la Mimi Santoire des Chazeaux, d'où l'adjonction solidement ancrée dans les mœurs du sobriquet limpide de Caté, attaché à la maisonnée depuis qu'une arrière-grand-tante de ladite Mimi, restée fille, était tombée en grave dévotion, secondant le prêtre de la paroisse dans la délicate mission d'inculquer à la jeunesse les rudiments de la religion avant de s'abîmer, corps et biens de famille compris, à plus de quarante ans, dans un lointain carmel de l'Est de la France. De cette Mimi Caté surgie dans le hameau à un âge incertain, on ne savait à peu près rien ; on parla de retraite et de divorce, on s'exaspéra en vain avant de s'habituer à la voir vieillir, seule et peu amène, entre sa maison minuscule et les enclos pentus qui la flanquaient, enclos qu'elle sut transformer, diligente et infatigable, en potagers plantureux. Si elle ne catéchisa point les enfants, elle éleva volailles et lapins, vivant chichement, du moins le supposait-on, de revenus incertains et de la vente de ses produits dont la merveilleuse réputation eut tôt fait de se répandre ; les épouses cossues des vétérinaires, médecins et autres notables des environs se fournissaient chez elle, venant à domicile quérir les paniers garnis tant il eût semblé incongru de voir la revêche Mimi Caté tenir un étal en un quelconque marché. Dépourvue d'homme, sans mari sans fils sans frère ni beau-frère, sans mâle protection d'aucune sorte, elle stupéfia la contrée, faisant l'homme et la femme, coupant son bois pour l'hiver et peaufinant la terrine de lapin, magistrale et vaguement crainte pour cette maîtrise silencieuse qui dépassait d'autant plus l'entendement ordinaire qu'elle n'eut jamais ni télévision, ni radio, ni voiture. On la savait abonnée à *La Montagne*, l'écho des confins venait à elle par cette unique voie, et l'on apprit par Nicole qu'elle y goûtait au premier chef les pages de politique française et d'actualité internationale, comptant pour billevesées les fastes tombolas de la maison de retraite de Riom-ès-Montagnes et autres minces dithyrambes consacrés à la fête du Bleu d'Auvergne ou aux championnats régionaux de basket-ball. En sa quatre-vingt-deuxième année, la Mimi Caté, par ailleurs svelte et vigoureuse, ferme en ses chairs et altière en son port, fut frappée de quasi-cécité, sans doute à la suite d'un léger accident vasculaire qu'elle ne voulut pas considérer. On la retrouva égarée dans son carré de pommes de terre, elle fut emmenée à l'hôpital de Saint-Flour et en revint promptement, réorganisant aussitôt sa vie domestique, la resserrant autour de la maison, du dedans, comme un marin sait carguer les voiles par gros temps, s'inventant des repères familiers, le tout sans plainte ni commentaire puisqu'elle vivait sans oreille pour les recueillir. Mais la Mimi Caté, toute puissante et insensée qu'elle fût, ne pouvait rien contre les signes grisâtres qui marbraient désormais pour elle les pages du journal. Le spectacle du monde lui était retiré et cela lui sembla si insupportable qu'elle demanda à Nicole, elle l'intraitable Mimi Caté, de venir lui donner lecture, une fois par jour, à l'heure de sa convenance. L'affaire fit grand bruit ; l'irréductible Mimi Caté avait refusé l'aide-ménagère proposée par la commune, mais s'apprêtait à rémunérer les services d'une lectrice, une heure par jour et six jours par semaine. Nicole, qui en plus de vingt ans de voisinage n'était jamais entrée chez la Mimi Caté, raconta la tenue parfaite de la maison et sa nudité, qui la changeait des invraisemblables capharnaüms crasseux qu'elle découvrait parfois chez d'autres navrés de la vieillesse dont elle avait à s'occuper, des vieux garçons, il est vrai, pour la plupart ensauvagés de solitude et de boisson après la mort des parents. En quatre ans et huit mois de service chez la Mimi Caté, jamais Nicole n'eut à donner le moindre coup de balai, chiffon, ou éponge, ni à pallier par un achat anodin un éventuel oubli auprès du père Lemmet, l'épicier-boulanger ambulant dont la Mimi était une infaillible cliente. Chaque jour, entre onze heures et midi,

Nicole trôna dans la cuisine basse et sombre sous le rond de la suspension réglable armée d'une ampoule de cent watts ; auréolée de lumière, nimbée, elle énonça les menaces sur les prix du baril de pétrole brut, les attentats du 11 Septembre, ceux de Madrid et ceux de Londres, la redoutable poussée des Chinois sur le marché du textile et les atermoiements du parti socialiste dans l'investiture de son candidat pour la présidentielle de 2007. Saoule sous l'avalanche, étourdie par la rumeur des pays innombrables, elle quittait à midi la Mimi Caté qui la saluait d'un invariable merci Nicole, à demain Nicole, ou à lundi Nicole. Un matin de février, il avait neigé il neigeait il neigerait, Nicole s'étonna, à son arrivée, que les volets de la cuisine fussent fermés. Déjà vêtue, le lit fait et les cheveux ramassés en son immuable chignon gris, l'impériale Mimi était tombée au sortir de sa chambre et gisait, longue et blanche, pas encore tout à fait froide. On l'enterra en maigre comité, on ne lui connaissait pas de famille et l'on ne vit personne, ni à l'église ni au cimetière. Nicole trouva dans la chambre, sur le marbre de l'unique commode, une enveloppe non cachetée garnie d'une somme qui couvrirait au plus juste les frais d'obsèques dans le caveau familial depuis longtemps délaissé. La maison se ferma, elle ne fut ni visitée ni vendue et l'on s'habitua à ce surcroît de mystère autour de la Mimi Caté. Il se dit ensuite dans le pays, que, cette fois, la Nicole, qui savait y faire avec les vieux, n'aurait rien attrapé. Elle en eut vent, en fut ulcérée au-delà du raisonnable et comme ravagée, ruminant la chose sans en épuiser le fiel, au point que Paul, au long de l'hiver qui suivit, put mettre sur le compte de cette déplorable affaire une partie de l'aigreur manifeste de sa sœur à l'encontre du monde en général et, en particulier, des deux intrus par lui introduits dans le royaume clos de Fridières.

Pour le premier Noël Annette avait fait venir sa mère. Elle passerait à Fridières la fin de l'année et les deux premières semaines de janvier. Ils étaient allés la chercher, les trois, à la gare de Neussargues le premier lundi des vacances scolaires, le soir, après la traite, dans une nuit molle et mouillée. Éric s'était avancé sur le quai battu de vent presque tiède, avait brusquement couru, reconnaissant la silhouette menue, l'anorak beige, dans un petit groupe de voyageurs qui attendaient le départ du train pour traverser la voie. On s'était saisi, embrassé sans paroles, les deux femmes la grand-mère et le garçon, Paul s'emparant aussitôt du sac et de la valise, bredouillant des questions emmêlées sur le voyage, les changements dans les gares, à Lille à Paris à Clermont ; il s'y perdait, embarrassé devant cette femme pâle qu'il ne savait pas comment nommer et n'avait vue que très brièvement deux ou trois fois en juin au moment du déménagement. Dans la voiture, Éric, soudain volubile, avait déroulé la liste impeccable des horaires de départ et d'arrivée, caractéristiques notables et numéros, des quatre trains successifs empruntés par son héroïque grand-mère ; curieux de savoir combien avait duré et coûté le trajet en taxi entre les deux gares, gare du Nord et gare de Lyon, il avait brandi un plan du métro parisien imprimé sur internet au collège et expliqué comment, avec un seul changement à Châtelet, on pourrait à l'avenir éviter une telle dépense et perte de temps. À cette abondance de paroles, à cet élan qui le plaquait contre le siège sur lequel elle avait voulu que sa mère prît place à l'avant à côté de Paul, Annette mesurait combien Éric, depuis six mois, taisait le manque cuisant de cette présence douce. Le rituel coup de téléphone du dimanche matin, une poignée de cartes postales, le viaduc de Garabit deux vaches salers devant une fontaine ronde le Puy Mary, deux ou trois paquets venus de Bailleul, au moment de l'anniversaire ou de la rentrée, n'avaient été, ne pouvaient être que de maigres substituts ; il avait tenu, sans elle, qui avait supporté aussi, soudain privée séparée comme jamais encore elle ne l'avait été, aussi radicalement, par des kilomètres énormes, des épaisseurs de terre de routes de nuit de bois de vent, du seul petit-fils, de l'enfant de son sang. De ces choses elles ne diraient rien, elles ne parleraient pas, mère et fille, rassemblées dans la cuisine aux bonnes heures partagées de l'après-midi, le lendemain et les jours suivants, préparant des truffes au chocolat praliné et autres simples merveilles de Noël. Nourrisson, et plus tard encore, à deux quatre ou cinq ans, Éric avait été beaucoup gardé par sa grand-mère, mis à l'abri chez elle, dans le confinement du petit appartement où ne l'atteindraient pas les débordements paternels. Annette se débattait, quittait Didier, le reprenait, déménageait, trouvait du travail, n'importe quel travail, confiait l'enfant à sa mère, espérait, voulait y croire, essayer encore une fois, avec Éric qui grandirait entre père et mère, ce serait mieux le père et la mère, même si. Didier avait promis, il promettait, encore toujours, il ne recommencerait pas, il tiendrait sa place, il rentrerait sans traîner, il avait un vrai métier entre les mains, de l'or dans les doigts, plombier-chauffagiste, il pouvait tâter aussi de la climatisation qui relevait pourtant d'une autre spécialité mais il comprenait tout très vite, savait voir autour de lui, regarder, observer, inventer les bonnes solutions, et avait mille idées à la seconde. On aurait pu vivre tranquillement, avoir une maison à soi, être comme tout le monde, elle aurait travaillé sans plaindre sa peine. Elle avait cru, elle avait supporté attendu fait confiance supplié pleuré, rendu des coups, bu des bières, ou du blanc, seule dans la cuisine, et fumé des cigarettes âcres qu'elle allumait l'une à l'autre, et récupéré Didier au café dans le silence gras des autres hommes qui la touchaient de leurs yeux perdus ; ils savaient, elle savait qu'ils savaient, et humaient ; qu'elle y passerait quand même à la casserole, une fois rentrée ; le Didier dans n'importe quel état c'était une force de la nature, un gars qui laissait pas tout sans faire, il lâchait les détails quand il en avait un bon coup dans le nez, elle crachait pas dessus non plus l'Annette, avec son air de rien, elle en avait de ces obus fallait avoir sucé ça pour savoir ce que c'était. Elle sentait sur elle le regard poisseux des hommes collés au comptoir, leur sueur leur haleine, quand elle entrait sans s'approcher, quelqu'un finissait toujours par se retourner, se détacher du rempart des dos amarrés massifs noyés noués. Didier ne criait pas, ne l'insultait pas, n'avait pas de gestes devant les gens ; il disait voilà le gouvernement la patronne ou la baronne, et la suivait. On rentrait, on finissait par rentrer. Après la naissance d'Éric, pendant les premiers mois, ils avaient connu une embellie, un temps de commun émerveillement, Didier regardant l'enfant, osant à peine le toucher, avant de s'apprivoiser, de trouver les gestes justes et doux pour les soins ou le bain, absorbé, muet et recueilli, et comme en allé, au moment des tétées dont Annette gardait le souvenir humilié d'une vertigineuse perfection. Ensuite il y avait eu une première incartade, une deuxième, et la pâte épaisse des habitudes ressurgies les avait englués, les deux, les trois, l'enfant aussi qui apprendrait la crainte, le silence, et les joies furtives, comme arrachées. À Fridières Annette remontait le cours chargé de sa mémoire ; dans les jours gris et brefs de janvier, Éric avait repris le collège et ne rentrait pas avant la nuit, elle avait un peu parlé avec sa mère de ces temps terribles, des espérances rabotées, de ce qui avait été laissé quitté remisé à l'autre bout de la France, et ne la poursuivrait pas dans les neiges de Fridières où elle était, avec Éric, une sorte de réfugiée. Ils ne devaient pas être rattrapés, ils ne le seraient pas. Sa mère supposait qu'elle n'avait pas tout dit à Paul, qu'elle n'avait pas lâché le plus misérable, les coups qui donnaient honte, à plein ventre, et les gendarmes, l'obligation de soins, les équipées délirantes, les récidives, la prison. Elle cachait, pour Éric, pour qu'il ne soit pas contaminé et ne porte pas sur lui, dans sa peau sous son nom, la marque d'infamie. Paul ne cherchait pas, ne chercherait pas à savoir. Annette et sa mère l'avaient senti quand, à Bailleul, il s'était enfoncé dans les préparatifs du déménagement, parlant peu, affairé, pressé d'en finir et comme intimidé par ce pays trop plat jeté sous le ciel sans fin. Nicole et les oncles étaient d'une autre eau. Eussent-ils perçu le plus mince écho des affres violentes traversées par cette femme et ce garçon dont Paul imposait la présence en leur pré carré qu'ils se fussent battus, bec et ongles, sans merci ni répit, pour expulser les créatures étrangères, les corps impurs, et conduire à résipiscence le frère égaré, Paul, le maillon faible. Une guerre couvait qui, pour rester sourde, n'en serait pas moins longue et difficile, guerre d'usure et de patientes tranchées. Annette l'avait su bien avant d'arriver à Fridières quand, dès les premiers mots de Paul, avait surgi ce prénom de femme qui aurait pu être celui d'une précédente compagne, d'une mère, d'une sœur. La précision aussitôt apportée par Paul, comme désireux de combler ainsi la béance ouverte, ne changeait rien à l'affaire. Le lien était là et Paul avait toujours eu une femme dans sa vie. Circonstance à laquelle il devait probablement, Annette et sa mère le devinaient, de n'avoir pas tourné au sauvage majuscule comme les deux oncles, dont l'impeccable tenue de corps et le tour d'esprit malicieux peinaient à dissimuler la violente autarcie. La mère d'Annette avait compris ces choses et beaucoup d'autres, qu'elle n'aurait pas su dire avec des mots, privée qu'elle était, comme sa fille, de tout commerce aisé avec le verbe. Annette vit repartir sa mère, que l'on reconduisit à la gare par un dimanche matin accablé de vieille neige grise, avec le sentiment de ne l'avoir qu'à demi rassurée sur ses chances de réussir au long cours cette vie nouvelle qu'elle avait voulue, soucieuse de faire maison, de le tenter du moins, encore une fois, avant que l'âge, le manque d'illusions, et tout le reste ne la rendissent définitivement inapte à cette périlleuse acrobatie du couple rassemblé, pièces et morceaux.

Annette ne s'habituait pas à l'étable, où, malgré sa bonne volonté, elle ne savait pas se placer, ni se mouvoir ni se montrer efficace ou utile en rien, et restait interdite devant les bêtes, leurs larges yeux luisants, leurs lenteurs absconses et leurs jets éruptifs de pisse drue ou de merde tiède. Dès sa première incursion, le lundi 29 juin pendant la traite du soir, elle avait été baptisée, Paul l'avait dit en riant, la coupable étant la Royale l'une des meneuses du troupeau, la vache de Nicole, précisèrent les oncles, goguenards, tandis qu'Annette, maculée, les jambes et le bas du dos crépis de bouse brune, s'appliquait à garder contenance, à ne pas tomber, à ne pas aggraver son pendable cas. Nicole était en revanche rompue aux travaux de l'étable ; elle avait toujours aimé ce moment de la traite, les soins des pis fragiles et des veaux nouveau-nés qui étaient vendus à trois semaines, quelques femelles élues étant conservées pour le renouvellement du cheptel. Celles-là, dont était la Royale, bichonnées et mitonnées par Nicole, devenaient ses nobles émules, comme elle impérieuses de tempérament et cuivrées de poil. Les oncles rappelaient volontiers comment, dès son arrivée à Fridières, Nicole, qui trahissait par un silence buté la révolte vaine de ses seize ans contre les tacites arrangements familiaux, avait su trouver à l'étable une sorte de refuge chaud, au point que l'on peinait à l'en faire sortir afin qu'elle consentît à tenir le rang qui lui était assigné par son sexe.

Une femme faisait besoin à Fridières, une femme ménagère, même si les oncles, soigneux et méthodiques, n'avaient pas laissé leur maison glisser dans la défaite des choses et tourner au terrier ombreux qui était le lot de la plupart des hommes dans leur situation. De ces commencements âpres, Nicole, bien qu'ayant accepté et occupant en toute dignité sa naturelle fonction, avait gardé un lien particulier, comme ombilical, avec l'étable et les bêtes. Elle y secondait Paul au début et à la fin de la traite, et leur manège sans paroles apparut d'emblée aux yeux d'Annette comme une sorte de ballet impeccable et magique, aussi imperturbable et merveilleux que les miraculeuses figures osées à la télévision par les couples de féerie des championnats de patinage artistique dont elle était friande depuis l'enfance. Il n'était pas jusqu'aux bottes hautes et semblables combinaisons vertes et intégrales zébrées, de haut en bas, de fermetures Éclair écrues que portaient le frère et la sœur qui n'eussent rappelé à l'intruse les costumes chamarrés, inouïs et savamment coordonnés arborés par les corps éblouissants des virtuoses parfaits. On n'avait pas besoin d'Annette à l'étable, la Royale le lui avait signifié, de flagrante et odorante façon ; le fortin était en main depuis près de trente ans et défendu avec passion, il faudrait s'imposer ailleurs. Il faudrait, par exemple, dès le samedi suivant, empoigner sans frémir la combinaison raidie de vieille bouse et historiée de taches diverses que

Paul abandonnerait, roulée en boule, sur le paillasson ; Paul expliquerait, il dirait qu'il valait mieux ne pas mélanger la combinaison avec le reste, et la laver, par exemple, avec les chiffons du ménage, et la frotter au préalable à la brosse dure avec du savon de Marseille. À la hâte, et presque riant comme gêné la voix sourde, il s'excuserait de ne rien connaître, ou pas grand-chose, à ces affaires. Qui relevaient de la sœur. À qui, Annette le comprenait, il n'était pas question de demander conseil ; et devant qui il importait de ne pas baisser pavillon sur le chapitre crucial du linge. Nicole, dans l'ordre domestique, n'aimait vraiment que ce travail, le passage du sale au propre, l'odeur carrée de la lessive et le remuement des tissus dans la lumière quand on pouvait étendre dehors, sur les fils solidement arrimés par les oncles derrière la maison dans le pré rond et pentu où les premières jonquilles fleurissaient à l'abri du vent. Elle triait, lavait, repassait avec minutie, rangeait les affaires communes, les siennes, celles des oncles, et disposait chaque dimanche soir sur une chaise du couloir consacrée à cet usage la pile parfaite des effets de Paul que couronnait la combinaison verte pliée en quatre d'une main magistrale. Il faudrait s'arracher du corps cette habitude que c'était de s'occuper de tout, de régner sur ses hommes, les trois, par là, par les tissus propres et doux rassemblés préparés pour la semaine. Nicole l'avait senti dès le début, dès les premiers mots, quand Paul avait parlé des travaux qu'il allait entreprendre pour installer en haut une cuisine. La personne qui viendrait aurait tout son matériel, et l'électroménager, c'était une personne déjà équipée, indépendante, là où elle habitait dans le Nord avec son fils. Paul avait dit une cuisine sans cloisons, ouverte, américaine ; et cet adjectif, relevé par une Nicole sourdement effarée de l'invasion dont était menacé son territoire, fut aussitôt enrôlé par les oncles pour désigner, au pluriel et en bloc, les deux impétrants, les formidables, les Américains qui à l'avenir mangeraient avec Paul, dans une cuisine de même nationalité, en haut, tandis qu'eux, les trois, les frustes Gaulois, les Cantalous préhistoriques, n'en mangeraient pas moins, aux mêmes heures et en bas, dans leur cuisine française. Les oncles ferraillèrent dur, ironiques et outrés, sur la question des tables séparées, dont Nicole ne semblait pas s'émouvoir ; déjà, près de vingt ans plus tôt, cette rage d'habiter la grange quand les chambres du fond auraient suffi à loger au large jeunes et vieux, et ces travaux homériques accomplis par le neveu pour une gamine qui ne pouvait que méconnaître Fridières, les avaient laissés pantois et railleurs. Pour d'obscures raisons qui les faisaient rire doucement derrière leurs dents parfaites, ils n'avaient pas cessé d'appeler porte de l'âne l'entrée étroite qui donnait sur le pré et desservait en toute indépendance les pièces de Paul. Les Américains passeraient donc derrière par la petite porte de l'âne, et les

Gaulois devant par la grande porte officielle, ça serait le monde à l'envers et la révolution à Fridières ; et de se gausser et de broder à loisir sur les débarqués modernes et le débarquement de juin. Quand, plus tard, le jeudi, en fin d'après-midi, dans la semaine qui avait précédé le dimanche 28 juin, était arrivé, reculant avec circonspection dans la cour de la ferme, le petit camion de location jaune et blanc qui apportait les affaires de la personne et de son fils, Nicole avait compté dix-neuf cartons fermés par de larges rubans adhésifs marron, et une table six chaises un buffet un grand lit deux armoires un petit lit une autre table plus petite une télévision le frigo la gazinière, le tout propre et en bon état, rien de rare, des affaires normales, et la machine à laver, un modèle ancien qui s'ouvrait par le dessus. Paul et le chauffeur du camion immatriculé dans le Nord, un homme qu'il semblait connaître, avaient déchargé sans beaucoup de paroles, traversant à plusieurs reprises la cour dévorée de soleil, avalés, recrachés par la porte de l'âne qui s'ouvrait dans l'ombre. Paul savait que Nicole était là et voyait tout par la fenêtre de la cuisine. Empoignant la machine, pour finir, il avait pensé qu'elle allait comprendre, maintenant, qu'une autre femme venait, une autre femme pour lui, pour vivre.

Annette n'avait pas vraiment appris de métier. On allait à l'usine. Sa mère, sa tante, les voisines, toutes les femmes et quelques hommes aussi, dont son père, allaient chez Barnier. Son père et sa mère s'étaient rencontrés chez Barnier, ne se plaignaient pas du travail, en parlaient peu, c'était sans histoires. Elle irait à l'usine, on disait aux filatures chez Barnier, quand elle sortirait de l'école, où elle s'ennuya posément, sans éclat, sans comprendre ce qui aurait pu, peut-être, se jouer là. Élève appliquée dans les classes primaires, elle fit une collégienne atone, et redoubla sa troisième avant d'achever, faute de savoir que devenir, ses sommaires humanités. Contracté auprès d'un professeur de quatrième, le goût des mots croisés lui resta qu'elle cultiva avec sa mère, convertie au patient exercice de la séance quotidienne et vespérale par quoi elles échappaient, du moins osaient-elles le penser sans jamais l'afficher, à la complète atonie. Annette, très tôt, s'était évertuée à ne rien remuer, à n'avoir pas de regrets comme en nourrissaient déjà avec acrimonie certaines filles de l'usine, encore jeunes, et des femmes croisées plus tard qui, toutes, auraient voulu être chanteuses, commerçantes à leur compte, ou infirmières, ou institutrices, et même pharmaciennes. Annette se souvenait d'avoir pensé, dès dix-huit ou dix-neuf ans, que ces regrets entassés ne servaient qu'à rendre ces femmes malheureuses, envieuses et amères ; elle accomplirait, elle, une autre vocation, haute, détachée des contingences accablantes, une vocation insondable, insubmersible et intrinsèque. Amoureuse, elle serait amoureuse comme d'autres sont coiffeuses ou vendeuses. Elle se taisait et souriait pour mieux se cacher quand, à la cantine ou au vestiaire, ôtant la blouse et brandissant une photo, les filles s'agitaient, s'escrimaient, en proie à une soudaine poussée d'ailleurs. Annette s'énamourait, s'éprenait, au vif, de garçons toujours mal lotis, en fâcheuse posture. Elle n'aimait que les sans-viatique, les blessés de naissance, les affamés à vie, les recrues de la DASS placées dans des familles ou en foyer, des garçons dont on savait le père ou le frère aîné en prison à l'autre bout de la France. On chuchotait ragotait ergotait, elle se sentait le cœur en bataille et l'œil mouillé. Didier avait été l'idéal candidat, le parfait soupirant issu d'une catastrophique tribu d'ivrognes, hommes surtout, et femmes parfois, ce qui aggravait très nettement son cas, ultime avatar avec ses frères et sœurs plus jeunes d'une lignée de féroces éclopés importés de Pologne entre les deux guerres et, à la différence de leurs increvables compatriotes, jamais réparés, remis, revenus de cet exil radical en terre minière. Plus égarés de génération en génération, ils essaimèrent volontiers, œuvrèrent fort peu pour la cause du charbon, burent avec emphase dans les moindres estaminets des deux départements, Nord et Pas-de-Calais, s'estropièrent d'abondance au fil de rixes endémiques ou d'accidents de voiture échevelés. On les connaissait, de Bailleul à Dunkerque on ne connaissait qu'eux ; ils titubaient dans les ruelles, beuglaient en leur sabir de galantes invites, cuvaient leurs cuites dans les halls de gare et, les beaux jours revenus, avec des trois ou quatre grammes d'alcool dans le sang, conduisaient sans permis jusqu'à la mer des voitures approximatives bondées de femelles hébétées et d'enfants déjà sauvages. Didier, dix-sept ans à peine, l'œil bleu dur, comme embarrassé de ses lourdes mains d'apprenti plombier, faisait dans cette troupe figure de vivant miracle bien qu'il eût déjà à son actif une poignée de bitures insignes et autres notoires records de vitesse sur des mobylettes d'emprunt. Annette, vingt ans, tout à donner, cœur de crocus, eût certes pu ne pas croiser Didier, mais le sort en décida autrement quand, après la mort prématurée de son père, elle quitta la maison louée depuis quinze ans à l'entrée de Bailleul pour s'installer inconsidérément avec sa mère, mise en préretraite à cinquante-huit ans en même temps qu'elle perdait en trois mois son mari d'un cancer du pancréas, dans le petit appartement mitoyen, au rez-de-chaussée, du logement alors occupé par les parents, les grands-parents paternels, deux oncles célibataires frais émoulus de prison et les frères et sœurs puînés de Didier. Didier était héroïque ; seul de toute la maisonnée à avoir un semblant de ce qui s'appelle une vie normale, il se levait à des heures honnêtes

pour suivre son apprentissage chez Monsieur Ouazène, un Tunisien bonhomme établi en ville depuis
plus de vingt-cinq ans, nanti d'une solide clien-
tèle, d'une moitié égrotante, d'une kyrielle de filles
chétives et noiraudes et d'un indéfectible opti-
misme. Il avait pris en apprentissage, lui, Ouazène,
qui s'y connaissait en émigrés de toutes les générations, ce garçon désastreux dont personne ne
voulait ; il lui mettrait un métier entre les mains,
et peut-être même, supposait-on, l'une de ses filles,
l'aînée, future titulaire d'un opportun diplôme de
comptabilité ; il n'en démordait pas, Didier était
doué, pour la technique et pour le commerce, il
savait plaire ; on en viendrait à bout, à force de
patience, on en ferait quelqu'un. Annette vit
Didier, Didier vit Annette ; ils se côtoyèrent sur
l'étroite allée cimentée qui desservait les logis respectifs et contigus. L'impudent éclat des matins
de mai leur fut propice et fatal, les yeux clairs et
la forte poitrine d'Annette parlèrent pour elle.
Didier, peu averti sur le féminin chapitre, coula
des regards, n'osa pas y croire, y crut cependant,
et pour finir se laissa enjôler, sentant peut-être de
façon obscure et sourde, sous la gangue des ata-
vismes familiaux, que cette fille blonde, sa mère,
Ouazène, et le métier étaient une sorte de cadeau,
un don incongru, une chance d'en sortir, de faire
sa vie autrement, dans un moindre désordre, du
côté de ceux qui habitent une vraie maison, ont une
voiture à eux, et encouragent leurs fils autour

du terrain de football le dimanche après-midi. Il s'engouffra derrière Annette, vaillante ; ils s'engouffrèrent.

Paul n'aurait pas de suite. Il le savait. Il l'avait dit à Annette dès le début quand ils s'étaient vus pour la première fois, le lundi 19 novembre, à Nevers. Ils avaient décidé que ce serait Nevers en regardant une carte, Nevers était à mi-chemin, on pouvait s'y retrouver pour une journée. Paul viendrait en voiture en partant juste après la traite du matin, il s'arrangerait avec Michel, un voisin, pour la traite du soir ; il aurait prévu, la veille, les portions de foin et d'aliments, tout serait préparé, impeccable ; Michel était habitué aux lieux et aux bêtes. En partant par le premier train Annette arriverait à Nevers à 14 h 30. Ils auraient l'après-midi pour faire connaissance et se parler mieux qu'au téléphone. On ne disait pas les mêmes choses, au téléphone et en vrai. À Nevers, Paul avait expliqué que ça n'était pas pour ça, pour avoir un enfant, un fils, l'élever et que les terres soient reprises, qu'elles restent dans la famille, comme c'était le cas jusqu'à lui, jusqu'à eux, Nicole la sœur et lui. Les arrière-grands-parents des oncles avaient acheté la ferme, c'était vieux ça continuait depuis ce temps, et tout s'arrêterait après lui. L'époque le voulait, les fermes se regroupaient, on rassemblait les terres, plusieurs propriétés n'en faisaient plus qu'une sur laquelle une vraie famille avec des enfants avait du mal à vivre. Pas lui. Il regardait Annette, marquait une pause, buvait une gorgée du chocolat chaud qu'ils avaient commandé au buffet de la gare, ne sachant où aller, n'osant s'aventurer dans la ville battue d'une pluie glacée mêlée de neige fondue. Pas lui. Il ne se plaignait pas. Il n'aimait pas que les paysans se plaignent, et déversent du fumier devant la préfecture, et se montrent par la violence ; ces manières lui faisaient honte. Il travaillait, comme tout le monde et même un peu plus, parce que, quand elle viendrait si elle venait, il s'emballait, la voix soudain comme enfoncée perdue dans la gorge, quand elle viendrait elle comprendrait que les bêtes ne prennent pas de vacances ; il avait presque ri, elle aussi ; il faut s'en occuper tous les jours, des vaches des veaux et de tout ce qui se fait dans une ferme, dont on n'a pas idée quand on n'est pas du métier, forcément. Ses mains s'ouvraient, se fermaient, s'ouvraient, autour de la tasse vide ; Annette regardait les mains, la tasse, le gros vêtement d'hiver et l'écharpe verte posés sur la table à côté de lui ; elle l'écoutait, c'était simple de l'écouter. Il travaillait beaucoup ; mais on avait ce qu'il fallait, en restant raisonnable, et la situation était saine, sans grosses dettes. Les paysans s'étranglaient avec des crédits pour du matériel toujours plus puissant, plus compliqué, et pour des bâtiments modernes, énormes, disproportionnés, qui vieillissaient mal, on devait les rafistoler de tous les côtés au bout de dix ans. Sauf s'ils étaient en bois, ceux-là tenaient mieux le coup, étaient plus confortables pour les bêtes, mais il fallait être bien renseigné dès le début et avoir un peu de tête, et ne pas se laisser embobiner par les gars des banques et les conseillers de la chambre d'agriculture qui se mêlaient de tout, voyaient les projets sur le papier noir sur blanc à plat, avec des schémas, des croquis et des pourcentages. Et s'il y avait mévente sur les produits, les veaux ou le lait, ou les deux, le paysan se retrouvait tout seul pour faire face. Les mots se déroulaient, coulaient ; il serait parti dans des explications sur le cours des marchés, les prix ; tout se décidait ailleurs, à Bruxelles et plus loin, hors de portée des producteurs qui n'avaient qu'à se soumettre, à s'adapter, à changer de méthode, de système, et pourquoi pas de métier aussi, au fond ils voulaient peut-être ça, en haut lieu, que les paysans comme lui disparaissent, que tout s'arrête et que la friche mange les pays. Annette l'écoutait, le suivait ; il le sentait, à ses yeux arrêtés sur lui, et à sa façon pleine d'être là, sans faire semblant ni penser à autre chose, au train qu'il faudrait reprendre, à tous ces kilomètres dans la nuit, au voyage qui était cher, même avec une réduction, et long, avec un changement à Paris entre les deux gares par le métro. Paul s'était retenu. Ne pas trop parler du métier d'abord, pas uniquement du métier même si c'était toute sa vie ou presque, ce métier qu'il n'avait pas choisi, qui lui était tombé dessus, à Fridières. Il aurait bien fait de la mécanique. Les parents avaient décidé ; et les oncles ne lui avaient pas appris à travailler. Il avait observé, il s'était arrangé, débrouillé, sur le tas comme on dit. Il avait un bon métier ; il n'aurait pas supporté la ville, l'usine, un commerce ou le bureau, les trajets, les ordres, surtout les ordres, un chef. Les paysans qui se plaignaient ne pensaient pas à ça. Les oncles n'étaient pas vraiment des chefs ; il avait eu avec eux des moments très difficiles quand il attrapait vingt-cinq ou trente ans, lui, et qu'ils ne voulaient pas lâcher, eux, les deux, rien, chacun à sa manière. Ils ne voulaient pas comprendre ce qui pouvait être changé, amélioré, pour mieux vivre ; ils résistaient. Les portes claquaient. Silence. Les repas devant la télé. Nicole la sœur, muette aussi, l'œil mauvais. Histoire sans paroles. Le dégoût que c'était de se lever le matin dans le noir et le froid pour traire avec ces deux têtes d'épouvantail qui allaient et venaient dans l'étable, sans le voir comme s'il avait été transparent. Alors que, à eux trois, trois hommes en bonne santé, sans compter Nicole pour s'occuper des petits veaux, ils auraient pu s'organiser, par exemple, faire un roulement pour ne pas se lever tous, tous les jours, à des heures impossibles, surtout l'hiver. On avait surmonté ; le conflit c'était normal entre les vieux et les jeunes. Ce temps était fini, on s'arrangeait mieux maintenant, ils avaient compris ; à plus de quatre-vingts ans, ils faisaient encore bien leur train, avec quelques moutons les volailles les lapins le jardin, ça leur suffisait ; et ils ne donnaient pas peine, ils n'étaient pas pénibles comme sont certains vieux parfois qui ont des manies. Il s'était encore lancé, ça lui échappait, les paroles venaient d'elles-mêmes. Il s'était ébroué, levé, avait dit qu'il ne pleuvait plus et qu'ils devraient sortir avant la nuit, histoire de voir un peu la ville et la Loire qui passait là. Elle avait été d'accord ; il avait payé les chocolats. Plus tard dans la voiture entre Clermont et Condat, quand les noms sur les pancartes redeviendraient familiers, Champeix, Besse, Égliseneuve, il démonterait et repasserait tout dans sa tête. Cette femme avait été là pour lui, était venue, avait franchi pour lui cette distance effarante sur la carte. Dès le premier appel, au téléphone, après les paroles du début, poussives, embarrassées, il avait cherché Bailleul sur une vieille carte Michelin qui traînait dans le buffet. Bailleul, Nord, au bout du bout, là-haut, aussi loin qu'il était possible, avec quelque chose de découragé et de perdu dans cet enchevêtrement de lignes nouées sur la carte aux lisières extrêmes de la Belgique. Cette femme vivait là-bas avec ce fils de dix ans ; cette femme, la femme qui avait répondu, avait une bonne voix, lente et claire, douce. Paul insisterait, il s'appliquerait ; il ne finirait pas comme tant d'autres qu'il connaissait, effarés dans le rond de la lampe et au bord de la télévision. Il ne se laisserait pas faire, il ne croupirait pas là, à Fridières, dans la maison confortable des oncles avec Nicole qui était la sœur. Il ne savait pas, ne saurait pas, ne tenait pas à savoir, si Nicole avait, avait eu, aurait un homme. Il laissait les gens parler ou rire grassement au café et ailleurs ; il voyait que Nicole attendait, ou qu'elle avait pleuré, ou que la terre ne la portait plus, fébrile et incendiée. Mais Nicole était sa sœur, comme lui abandonnée. C'était ce mot, abandonné, qu'il avait ruminé si longtemps dans la grosse rage de la jeunesse, sans savoir comment desserrer l'étau. Il ne comprenait pas d'où lui venait ce mot énorme. Il n'en voulait à personne, il n'aurait rien pu dire, mais à quarante ans il s'était réveillé, calme et résolu. Résolu à cela, à cela seulement, il aurait une femme à Fridières, une femme avec lui, à son côté pour les jours et les nuits pour vivre et durer. Il était Paul, on ne l'empêcherait pas ; on, les autres, personne ne l'empêcherait. Cette femme, Annette, de Bailleul, du Nord, écoutait ; elle était pour lui. Il l'avait senti aussi à cette façon qu'elle avait eue de se tenir sans paroles devant la Loire grise, dans le froid de novembre, dans cette morsure d'avant la nuit. Sur elle, autour d'elle, et de sa veste en laine rouge qui trouait l'ombre montante, il avait reconnu son odeur happée d'abord, trois heures plus tôt, sur le quai 2, à la descente du train, une odeur un peu lasse et presque sucrée, comme déjà familière, apprise et apprivoisée.

50

On disait la pièce pour la grande salle que Paul avait disputée à la grange haute depuis toujours dévolue au foin, à la paille, au regain, aux outils de bois et de fer, aux engins, aux entassements hétéroclites et patrimoniaux de riens qui pourraient toujours servir, avaient servi, ne servaient plus mais prendraient de la valeur. La grange était saine, le bois n'y pourrissait pas, les métaux ne s'y corrompaient pas ; la grange était parcourue de vents cathartiques et d'hirondelles enivrées, de fragrances définitives et de touffeurs estivales ; la grange coiffait la maison et les corps, couvrait bêtes et gens, pesait sur eux, puissante altière incorruptible ; la grange était vaisseau, cathédrale, carapace mue obscurément, parcourue de craquements intestins, objet des soins constants du couvreur supplié ; on ne trahissait pas la grange et elle ne vous trahissait pas. Une grange effondrée, à bout, défaite, éventrée par les hivers et les arbres, comme on en avait beaucoup vu, comme on en voyait encore dans les pays hauts et perdus, une grange morte, était une plaie honteuse. Paul vivait dans la grange tutélaire, il avait taillé dans sa lumière, tranché l'espace sous ses nervures de bois roux, monté les murs de parpaings grumeleux et ménagé une porte intérieure qui lui permettait d'accéder au théâtre de ses quotidiennes opérations sans passer par le territoire des oncles et de la sœur. Paul aimait la pièce, sa pièce, où l'on posait le corps recru après le gros travail, où l'on mangeait et vivait, où l'on était à soi. À l'évier de la cuisine devant la fenêtre du fond, il lavait ses mains au savon de Marseille, les triturait, les malaxait, les briquait sous l'eau chaude comme si elles eussent été d'une chair autre que la sienne avant de les essuyer avec des égards minutieux, usant pour ce faire d'une serviette râpeuse réservée par lui à cet emploi exclusif. Deux fois par semaine, en rentrant de la traite du soir, le samedi et le mercredi, il coupait ses ongles au plus court, attentif penché recueilli, comblé par le seul accomplissement du rite. Pour la partie de la pièce qui n'était pas la cuisine, Paul n'aurait pas parlé de salon ou de salle à manger, ces mots n'allaient pas. Les trois fenêtres de la pièce, alignées, donnaient sur les bâtiments et les terres du Jaladis, cernés de hêtres plantureux, et plus loin, au bord de rien, au-delà de ce qui pouvait être embrassé d'un seul regard, sur les plateaux d'estive que l'hiver vidait de leurs troupeaux. Au Jaladis, Paul l'avait expliqué dès le premier jour, pointant les toits d'ardoise rassemblés, vivaient Michel, sa femme Isabelle et Cathy, leur fille de treize ans qui allait au collège de Condat. Elle pourrait aider Éric, lui montrer, ils prendraient le même car. On se verrait pendant l'été, quand les gros travaux seraient finis, avant la rentrée, pour en parler, mettre ça au point, faire connaissance. Les premiers jours de juillet, très tôt, après le départ de Paul happé par les tâches, hâtif et ramassé, déjà, pour cette lutte que ce serait, toute la journée, d'accomplir les besognes, les unes après les autres et ensemble, organiquement enchaînées, le soin des bêtes et des machines et la fenaison, ces matins-là, au commencement, Annette, que pétrifiait encore le nœud du métier de Paul dans lequel il était pris, ligoté serré tenu, métier dont elle ne savait rien, ni les gestes ni les odeurs, traces, marques, stigmates, ni les lancinantes fatigues ou tenaces douceurs ou prébendes inattendues, Annette, chaque matin, Éric dormant derrière la cloison dans la chambre du fond, s'était appliquée à se tenir devant ce que Paul appelait la vue ; à Nevers plusieurs fois il avait eu ce mot, la vue. Et elle avait attendu, depuis Nevers, attendu pour savoir ce que ce serait, devinant, pressentant une sorte d'avènement, loin de la façade pâle et du toit de la maison d'en face de l'autre côté de la rue à Bailleul derrière la haie de thuyas sévèrement taillés. Elle apprenait. Immobile. Sans même boire le café refroidi dans le bol à rayures sur la table derrière elle. Elle apprenait la lumière qui réveillait chaque chose, l'une, l'autre ensuite, visitée prise nimbée ; les prés, les arbres, la route en ruban bleu, les chemins tapis, les vaches lentes et les tracteurs matutinaux, cahotants, volontiers rouges. Elle avait senti, pendant ces journées, les premières, de cet ardent juillet, qu'elle devait se tenir là, patiente même si elle avait peur. Même si elle ne savait rien de ces chemins, ni de ces prés fourrés d'herbe insolente, elle ne disait plus champ, on n'avait pas de champ ici, on ne semait pas, on ne semait rien, elle l'expliquait à Éric, la terre était assez riche à cause des volcans qu'il y avait eu pour nourrir toute cette herbe dardée, folle. On n'arrosait pas non plus, on n'avait pas besoin, c'était un autre pays. Tant de luxuriance stupéfiait Annette, la terrassait bien que les maïs dressés là-bas dans le Nord en turgescente vigie au bord des routes de l'été aient pu, jadis, dans sa vie d'avant, lui donner parfois une conscience fugace de l'humaine insignifiance. Annette se tenait debout devant la vue, suivant, comme du doigt, les nervures des ombres couchées en bêtes dociles au flanc des arbres dont elle ne savait pas le nom. Elle ne demanderait pas à Paul, elle n'était pas une écolière, elle n'était pas en voyage d'agrément ni en séjour chez de lointains cousins, elle ne donnerait pas dans le tourisme éclairé, elle n'avait pas loué un gîte pour les vacances, n'explorait pas méthodiquement l'exotique contrée, faune flore et autochtones inclus. Il s'agissait de faire sa vie là, de commencer de recommencer là. Elle attendrait que Paul dise, l'air de rien, comme en passant, ce qu'il y avait à savoir, sans donner leçon. Le nom du Jaladis lui avait plu, il sentait le conte d'enfance et sa douceur désuète s'accordait avec ce que Paul racontait de Michel, né au Jaladis, de sa femme Isabelle et de leur fille, de cette famille. Les toits du Jaladis faisaient repère dans cet horizon de vertige, ciel plateaux bois prés, face auquel il faudrait vivre, tout contre, dès lors que par les trois fenêtres nues le pays d'ici entrait dans la pièce de Paul, l'embrassait, la moulait à sa mesure énorme, ne laissant pas de répit. Sans Paul, sans Éric, dans les aubes nacrées de juillet, Annette avait résisté aux choses vertes, les avait apprises, en avait cerné les contours, à la seule fin de n'être pas dévorée par des forces anciennes qui, elle le sentait, étaient trop grandes pour elle, pour une femme de trente-sept ans venue du Nord crachée par une petite ville du Nord, et pas spécialement solide, ni équipée caparaçonnée armée. Le jour de la fête sur la place du bourg le deuxième dimanche d'août, elle avait rencontré Michel et Isabelle qui se tenaient au bord de la piste des autos tamponneuses où ils s'abritaient d'une pluie têtue déversée sur les attractions foraines par un ciel revêche et déjà automnal. Ils avaient d'abord un peu parlé, les quatre, de ces froidures de novembre égarées au plus fort de la belle et brève saison ; et aussi d'eux, d'elle, Annette, et d'Éric, qui, encapuchonné de bleu, observait trois grands gars bruyamment lancés dans un concours de tir à la carabine. On s'était enquis, Isabelle surtout qui demandait, la tête ployée sur le côté ; ils s'habituaient, la maison était agréable, juillet avait été beau, on trouvait tout ce qu'il fallait à Riom, un peu moins à Condat ; mais le collège serait bien pour Éric, il y ferait des copains, c'était familial. On se verrait à la maison, avait dit Isabelle, on mangerait ensemble, un samedi soir, pas le prochain mais le suivant, le 25, avant la fin du mois et la rentrée ; ils n'avaient qu'à venir. Les larges yeux clairs d'Isabelle rappelaient à Annette le regard bleu de sa mère. Sa voix se détachait mal des refrains hoquetés par la sono enragée des autos tamponneuses, mais une sorte de bonté placide montait d'elle, de ses mains croisées sur le sac de toile brune qu'elle tenait contre son ventre, de son gilet mauve jeté aux épaules, de sa chair même, blanche et plantureuse. Michel n'avait à peu près rien dit, campé derrière sa femme, approuvant, appuyant du regard, vaste de poitrine, haut long immense, les poignets larges et massifs.

Annette et sa mère avaient vécu à l'ombre des familles royales qui découpaient un rond de douceur dans leur vie du Nord. Surtout la famille royale d'Angleterre. Les Belges étaient trop proches par la géographie, on aurait presque pu les toucher les rencontrer, de l'autre côté, là, à moins de vingt kilomètres ; ça ne faisait pas royaume ce que l'on connaissait et qui était déjà la Belgique, ce mont Noir où l'on achetait moins cher l'alcool et les cigarettes en cartouches, où l'on était allé en troupe les dimanches après-midi quand on était jeune et ensuite moins jeune. On avançait par grappes lentes de filles et de garçons mêlés, on traînait dans les boutiques pour voir pour regarder pour flairer le spectacle de la vie des autres, on n'avait pas l'argent, ou seulement pour une pochette en similicuir ou un porte-clefs, on gardait ses envies, on rentrait avec elles, entassés dans la voiture, enlisés dans le flot que dégorgeaient les parkings en fin d'après-midi. Après Didier Annette n'était plus retournée en Belgique, ni à la frontière ni ailleurs dans ce pays qui ne pouvait pas faire royaume. L'Angleterre, c'était autre chose ; le Royaume-Uni. On n'y allait pas. Éric, lui, verrait Buckingham Palace et la relève de la garde ; il saurait vraiment l'anglais, c'était indispensable pour avoir un métier. Annette avait tout oublié ou presque des rudiments du collège, elle se souvenait des jours de la semaine, monday tuesday, de how do you do my name is, et d'autres bribes inutiles qui flottaient dans le vague. L'anglais avait glissé comme le reste. Mais la famille royale ; la famille royale, la dynastie régnante, les Windsor résistaient, tenaient bon, ne mollissaient point, essuyaient les incessantes avanies, triomphaient de l'adversité, méprisaient les quolibets, érigeant par leur magistrale présence un rempart contre la menace criarde qui surgissait de l'avenir, du vingt et unième siècle, de l'Europe, de la Chine et de l'Inde et de ce monde énorme, grouillant de pauvres éhontés, où les métiers stables n'existaient plus, où les familles étaient recomposées si elles n'étaient pas monoparentales, où chaque enfant devait avoir un téléphone dans son cartable, un ordinateur et une télévision dans sa chambre, sous peine d'endosser le rôle du minable, du perdu d'avance, de l'assisté congénital. On était bombardé. Annette se sentait assaillie assiégée débordée de toutes parts et incapable de faire face, de résister à cet assaut universel dont parlaient le journal télévisé et, avec trop de mots vite jetés, la dame des Assedic, l'autre dame du bilan de compétences et même l'assistante sociale, la jeune remplaçante de Madame Flagel que l'on avait beaucoup connue et que l'on ne craignait pas, que l'on comprenait, du temps où elle suivait la famille de Didier. Il fallait se défendre. Et comment. Puisque le travail fuyait et que, toujours, Annette était renvoyée à ce qu'elle ne savait pas faire ou à ce qu'elle n'avait pas, la mobilité géographique, l'expérience du service en salle, la maîtrise de l'anglais commercial. Ce dont elle était capable ne comptait pas. Et de quoi était-elle capable. Le ménage, le repassage, les soins aux personnes âgées ; elle avait accepté ces tâches, s'en était acquittée, sans geindre, mais n'y faisait pas merveille et en retirait un sentiment gluant de constante humiliation. Elle ne savait pas mettre les mots attendus entre elle et les personnes servies, les employeurs. Elle se taisait quand il aurait fallu enjuponner de bavardages commodes la toilette des corps, la préparation du potage, les gesticulations d'usage autour du lit défait ou du linge souillé. La cause serait entendue, on ne la redemanderait pas, on lui préférerait quelqu'un d'autre, les candidates abondaient qui s'arrachaient les places les plus dérisoires ; les femmes étaient légion, comme elle débauchées et vacantes après quinze ou vingt années passées dans des usines de plus en plus vacillantes où elles n'avaient rien appris d'autre que la maigre cohorte des gestes obligés. Les mots ne venaient pas à Annette ; on jugeait qu'elle manquait de chaleur, d'initiative, de dynamisme. Se forcer était pire, sonnait faux, frôlait l'impossible, la laissait exsangue et comme hébétée. Elle n'avait pas le don d'être avec les gens dans le monde. Toute la patiente ardeur dont elle était infiniment capable ne se déployait qu'à l'endroit de quelques-uns, d'une poignée, et ce depuis toujours, sa mère son père, une cousine qui avait suivi son mari au Canada, une ou deux amies de classe emportées elles aussi par le cours des choses ; et enfin, et surtout, Didier et Éric, le fils, le seul qui restait avec la mère pour faire noyau. On était démuni, on se sentait pour toujours nu, à deux doigts de l'effacement, on n'avait pas chaud. Alors. Annette, par le truchement de sa mère d'abord et dans son sillage, de son propre chef ensuite, avait élu la famille royale d'Angleterre qui balayait de son lumineux rayon l'horizon féroce. Tous, en masse, étaient admis dans le cénacle, les membres selon le sang et les fraîches fiancées, les épousées, les enfançons, filles et garçons, en bloc, les Sarah Diana Béatrice Eugénie William Harry, tout auréolés d'en être, nimbés de cette onction, inclus effleurés caressés par la pensée. On glisserait sur les discordes, les divorces, les déconvenues et autres dissensions qui n'eussent pas manqué de saper le bel édifice et d'enrayer la machine à rêves. Annette et sa mère n'aimaient pas que les princesses souffrent aussi et pleurent, l'œil battu et le cheveu terne, ou se tuent avec des compagnons tapageurs dans des accidents de voiture calamiteux. C'était déchoir. Elles n'étaient pas friandes de potins scandaleux et lamentables ; elles se nourrissaient du lisse, de l'immémorial, des bibis pimpants, des carrosseries fuselées, des tweeds entraperçus, des frimas écossais, des blondeurs discrètes, des Derby à Epson, de la distance et du faste, de ce qui, toujours, sépare. La mince religion d'Annette était là, résistait en elle, insensée, aux avanies des années. Mais elle n'était pas seule. Il y avait Éric. Qui grandissait, pâle, indécis et tout retiré en lui-même, doux, tendre encore ; mais là, posé là, vivant et promis à durer ; et à elle, Annette, confié. Il n'y aurait pas de recours du côté du père, de ce qu'il était devenu et de cette vie molle qu'il s'était finalement faite après bien des cahots et des heurts à Dunkerque, on ne savait pas pour combien de temps, avec une femme et les enfants de cette femme, entre la bière, la télé et le RMI. Elle n'avait pas parlé avec sa mère, pas décidé avec elle, ne s'était pas confiée. À qui et comment dire ce qu'elle ruminait autour de l'annonce, d'une annonce qu'elle passerait peut-être, dans un gratuit d'abord, pour voir. Mais oser. Monter à l'assaut. Se dire, en trois paroles. Avec cette lassitude que l'on avait et ce que l'on sentait en soi de découragé, d'irréparable, d'inconsolé. Comme si tout avait été déjà dépensé et répandu, jadis, en pure perte, pour lui, Didier, pour ses dix-sept ans, pour les brèves fêtes des corps assemblés ; et pour ce qui s'en était suivi, cette litanie navrante des espoirs poisseux, des luttes sauvages, des recommencements fades. Pour rien. Et les corps, justement. Dans les annonces qu'elle lisait, elle comprenait que c'était dessous, tout le temps, à vif, la question des corps du corps du sien. Il faudrait reprendre du service avec ce corps que l'on avait de presque quarante ans, le désastre annoncé des cuisses très blanches marbrées de veinules bleues, le ventre, les seins qui étaient, qui pouvaient être enviables, encore ; mais. Il faudrait montrer, se montrer, vouloir, être voulue, s'empoigner, au-dessus, loin, loin de la fatigue épaisse du vivre. Annette avait lu l'annonce de Paul chez le dentiste, elle n'y serait pas allée pour elle, elle attendait Éric, elle était seule dans la petite pièce jaune et confinée ; elle avait pris la feuille, tant pis, l'avait déchirée, pliée en quatre, ce qu'elle ne faisait jamais d'habitude, jamais. Il faudrait lire plusieurs fois et bien comprendre pour savoir comment répondre au journal. Elle n'aurait répondu à aucune autre annonce dans ce journal. Elle aimait le mot

61

agriculteur. C'était un vrai métier, pas une de ces misères à goût de vomi, pas un boulot d'esclave à domicile, de chair d'usine, d'hôtesse de caisse. Il y avait le mot doux dans l'annonce, doux quarante-six ans cherche jeune femme aimant campagne. Aimait-elle la campagne. Était-elle jeune. Plus jeune. Oui. Elle était plus jeune que l'agriculteur de l'annonce domiciliée numéro CF41418. Elle répondrait. Elle appellerait au numéro du service vocannonce, elle serait d'abord à l'abri du téléphone. Elle essaierait. Pour ça elle aurait la force. Il le faudrait. Un autre hiver flasque commençait dans le vide de Bailleul. Éric. Il était sorti du cabinet du dentiste, gentil, un peu dolent, pressé de rentrer et d'être avec elle, eux seuls les deux, dans la petite cuisine. Il ne deviendrait pas quelqu'un comme ça, il n'aurait pas de place, il ne ferait pas sa place. Elle devait changer, partir, inventer, ailleurs et autrement. La campagne pourquoi pas. Ailleurs. S'arracher.

Annette recommencerait à conduire, il le fallait. Elle n'avait que fort peu pratiqué le mâle exercice. Quand son père vivait encore, on avait toujours roulé dans de modestes véhicules d'occasion dont on usait avec parcimonie, par crainte d'éventuelles défaillances qui auraient suscité d'insurmontables dépenses. Après la mort du père Annette avait poussé en ses ultimes retranchements la voiture qui serait la dernière. Ensuite on s'était habitué, on avait inventé des palliatifs, sans jamais quémander auprès des voisins ou connaissances ; on avait marché, on avait rusé de mille manières, sué sur des vélos, porté des paquets, attendu des cars poussifs et des trains buissonniers ; on s'était arrangé, oubliant jusqu'au souvenir même des commodités automobiles. À Fridières Annette renâcla devant la grosse voiture de Paul, un rien vétuste, qui inquiétait par ses dimensions généreuses et cette façon têtue qu'elle avait de déborder sans vergogne sur l'espace de la route, à la fois devant mais aussi et surtout sur les côtés et derrière, là où le regard ne saurait se porter directement, aux confins extrêmes du coffre interminable. Paul avait alors proposé sa Dyane tout terrain, dite le carrosse ; beige, antédiluvienne, humble et vouée à d'agricoles usages, fleurant bon en toute saison le grain des poules, la paille, la ficelle, la terre mouillée, le bois, la bouse, le lait et la pierre à aiguiser, la Dyane historique, depuis longtemps amputée de sa banquette arrière, subit un impitoyable nettoyage et fut dotée de housses neuves. Le matin du 14 juillet Paul dispensa une leçon inaugurale au terme de laquelle, paterne et déterminé, il confia à Annette les clefs de la Dyane et la médaille patinée du saint Christophe qui avait jadis, à l'instigation des oncles, présidé à ses propres débuts de conducteur. On comprenait, arrivant à Fridières, combien la voiture y était un indispensable appendice. Nicole avait la sienne et les oncles bichonnaient la leur, une commune et vénérable Citroën qu'ils n'exhumaient plus qu'à titre exceptionnel, pour descendre au bourg à un enterrement, par exemple, si toutefois ils jugeaient opportun d'honorer le défunt ou la défunte par leur double et autonome présence. Dans le cas contraire un seul oncle suffisait qui serait alors véhiculé par la diligente Nicole, laquelle assisterait éventuellement à la messe, ou attendrait dans sa Panda en écoutant radio Monte-Carlo, ou remonterait à Fridières dont elle redescendrait à l'heure adéquate pour récupérer l'oncle aîné, debout, campé, à l'entrée du cimetière ou devant l'église, les mains nouées sur sa casquette d'appa-rat. Pour les oncles la conduite de la voiture se pratiquait à deux, et Paul ne se souvenait pas qu'ils eussent jamais dérogé à cet usage singulier, même en la pleine force de l'âge. Désormais, et ce depuis onze ans, depuis l'achat de la languide Citroën BX diesel vert sapin métallisé, chaque dimanche en fin de matinée entre onze heures et midi, les oncles dégourdissaient la voiture. On la démarrait, et elle vrombissait longuement dans le garage étroit dont les portes avaient été au préalable ouvertes au plus large ; une marche arrière et quelques manœuvres délicates se révélant nécessaires pour extraire le précieux véhicule de son étui et de la cour, directives mimées et injonctions vociférées se succédaient, l'un des oncles s'évertuant au volant tandis que l'autre se plantait en sémaphore devant les cages à lapins en toutes circonstances et saisons. Seule la neige empêchait la cérémonie, et encore fallait-il que la couche tombée fût assez sérieuse pour dissuader les coéquipiers intrépides. On n'allait pas loin ; selon un itinéraire immuable, on se rendait aux limites de la propriété afin d'examiner les terres les plus écartées, et, le cas échéant, bêtes et clôtures, d'un regard que la vigilance requise par la bonne conduite du véhicule, toujours à moins de cinquante kilomètres à l'heure, ne privait qu'en partie de sa coutumière acuité. L'affaire était connue dans le pays, le dimanche entre onze heures et midi les oncles de Fridières dégourdissaient la voiture ; s'ils n'étaient pas passés sur le pont des Chèvres à onze heures et quart et sur la place à onze heures vingt, on pouvait sonner le tocsin, la guerre était déclarée, le canton se trouvait à la dernière extrémité. Un détail, enfin, ravissait les habitués et fortifiait auprès d'eux la solide réputation d'originaux qui auréolait les oncles faussement jumeaux ; non contents de se succéder au volant d'un dimanche à l'autre, Louis et Pierre n'auraient pour rien au monde renoncé à la compagnie de Lola. Elle trônait, magnanime, la truffe écrasée contre la vitre, à la droite du conducteur tandis que le frère réduit au rôle de passager tenait le milieu de la banquette arrière. Annette s'accommoda de la Dyane, et réciproquement. Annette n'avait toujours conduit que les voitures des autres, voitures d'hommes, de son père au début, de Didier ensuite, de Paul enfin. Elle s'efforça sans tergiverser et s'appliqua ; elle sut retrouver des réflexes qu'elle croyait oubliés, enfouis, tant ils étaient liés pour elle à ces soirées noires où elle ramenait à la maison un Didier hébété d'alcool, éructant des soliloques enragés quand il n'avait pas exigé, la repoussant sans ménagement en de pataudes empoignades, d'officier lui-même, sous le prétexte que même dans cet état ahurissant, il resterait toujours meilleur chauffeur qu'elle ; il aurait pu être pilote, lui, pilote de rallye ou de moto ou d'avion ou d'hélico de bombardier de n'importe quoi, comme tous les hommes de sa famille c'était dans le sang ça s'apprenait pas il avait pas appris, on pouvait le faire souffler dans le ballon ça serait pas la première fois ni la dernière, on pouvait toujours s'acharner parce qu'il avait trois bières ou dix ou vingt dans le coffre on lui retirerait le papier rose il conduirait quand même. Annette savait, avait su tout de suite quand, à Nevers, en janvier, elle avait été assise pour la première fois à côté de Paul dans la lourde voiture grise, que celui-là, l'homme de l'annonce, le doux, l'agriculteur qui avait avalé tous ces kilomètres de route pour la connaître, n'était pas de cette chapelle des fous du volant. Quelque chose, cependant, de ses tremblements anciens remontait, c'était irrépressible, dès qu'elle prenait la place de l'homme dans une voiture.

Elle allait devoir, contrainte et forcée, enchaîner les gestes, les bons, sans brouillonner sans hésiter, dans l'ordre, la main ferme, la nuque souple, l'œil aux aguets. Tout à la fois. Il faudrait devenir cette femme impossible qui n'existait pas et l'épreuve de la conduite dénoncerait l'imposture. On serait confondu, convaincu de fausseté, écrasé de n'avoir pas, ouvertement, le droit d'être, ni là ni ailleurs. On serait annulé. Mais ce jour de 14 juillet, dans la cour de Fridières, sur le chemin, sur la route bleue, la rutilance était telle, et telle encore l'exubérance des matins neufs, que la vieille nausée, si elle la saisissait, et elle l'avait saisie, une sueur grasse avait englué ses aisselles ses paumes, la vieille nausée n'avait pas eu raison d'elle. Il y avait Éric, assis posté sur le mur avec Lola, les oncles dans le jardin, et Nicole en embuscade derrière la fenêtre de la cuisine. Nicole si véloce, au vu et au su de tous inlassable et souveraine en sa Panda immaculée. Et il y avait Paul qui ne savait pas, ne pouvait pas et ne devait pas savoir, Paul qui voulait que ce soit simple, qu'elle conduise de nouveau, puisque, il le disait en riant, ça s'oublie pas c'est comme le vélo, et dans ce pays on a pas le choix, et quand on a une aussi belle photo sur son permis on le laisse pas moisir dans un tiroir. Annette peinait parfois à se reconnaître sur cette photo de ses vingt ans, comme intimidée par la douceur tendue de ce visage qu'elle avait alors, de ces yeux

clairs et grands, pas encore effarés, et de ce sourire
sage étiré sur sa bouche fraîche.

Annette avait appris les bruits de la maison. Il
y avait les bruits du dessous, les bruits de Nicole
et des oncles, des sifflements dans la tuyauterie
quand ils ouvraient ou fermaient un robinet, ou
le chuintement têtu de la Cocotte-Minute ; la
machine à laver ahanait, un salmigondis d'émissions de télévision montait du sol, faisant tapis ;
on reconnaissait les indicatifs, on était, en haut,
sur la 2, ou la 3, quand on errait, en bas, de la 1
à la 6 en passant par TV5, ou une chaîne italienne,
ou LCI, ou Eurosport, les oncles ayant cédé aux
charmes insoupçonnés de la télécommande et
zappant avec une férocité décuplée par l'installa-
tion de la parabole au grand dam de Nicole qui
n'en pouvait mais, n'étant pas maîtresse du fatidique engin. De Nicole et des oncles on devinait
tout ; on finissait par savoir, même elle, Annette,
l'étrangère, comment ils se tenaient autour de la
table sans Paul, avec, à la droite de Nicole, cette
chaise vide qui ne serait pas repoussée contre le
mur. La place du frère était là, restée là, marquée,
comme en attente. On ne changeait rien, on ne
changerait rien ; qui savait le fin mot de l'histoire,
et si. Il y reviendrait alors, à la table, en bas avec
les siens ; il serait là, comme avant, dormant et
faisant ses ablutions à l'étage en ses quartiers, mais

reculant devant la nécessité de prévoir de quoi manger, d'y penser de se le procurer de le préparer, de s'occuper de toute cette intendance que l'atavisme confiait aux femmes. Bien content de mettre les pieds sous la table et de s'asseoir avec ceux du sang pour ingurgiter la commune et roborative pitance dispensée par la sœur nourricière. Les bouchées faisaient bosse le long des cous maigres des oncles, raides dans des chemises à carreaux boutonnées dûment. On voyait descendre la protubérance avec lenteur, dans l'effort. Les oncles, dans l'acte de manger, se montraient méthodiques. Ils ne manifestaient ni contentement ni déplaisir ; sérieux, ils se remplissaient le corps. Un dessert suscitait parfois de leur part un compliment parcimonieux que Nicole, la frange furieuse, recevait en pleine face, faisant mine de ne rien entendre, malmenant à grand fracas sa chaise pour se saisir en toute urgence d'un torchon abandonné sur la gazinière ou servir à la hâte dans les verres légèrement bombés le café encore trop chaud. Annette prenait soin de ne pas épier, de ne pas attendre et de glisser sur le plancher, attentive à ne pas signaler sa présence à ceux d'en bas qui en savaient déjà et toujours trop depuis le début, accablés dès le premier jour et, elle le sentait, fort peu enclins à se résigner. Éric, silencieux par nature et comme rompu de naissance à se faire oublier, connaissait les obscurs commandements de cette religion de la discrétion. Annette voulait espérer que ceux d'en bas finiraient par s'endormir, par les oublier, pour mieux se rendre compte un jour, ensuite, que les deux, eux, la femme et l'enfant, les recueillis, faisaient désormais partie du paysage, avaient creusé le sol sous eux, pris corps et racine, au point que l'on ne saurait leur retirer ce qui était acquis pour les renvoyer au rien, à ce flottement des petites villes hagardes où des femmes élimées élèvent seules les enfants dans des logements de hasard. Annette gardait au fond d'elle sa peur ancienne et s'appliquait à lui tenir tête tant il fallait à Fridières tout apprivoiser. Les bruits de la nuit étaient une aventure. Elle ne les avait ni supposés ni redoutés, n'ayant vécu auparavant que dans des espaces confinés et chiches, avec son père et sa mère d'abord, dans la maison étroite collée à la rue et à d'autres maisons, avec Didier ensuite, ou Éric, dans divers appartements sans mystère. Les bruits de la nuit n'appartenaient pas aux vivants. Ils avaient partie liée avec d'autres forces qui, à Fridières plus que partout ailleurs, se cachaient derrière l'apparence des choses. La lumière du jour, fût-elle en hiver avare et sans aménité, tenait à distance ce qui, aux premières poussées de nuit, se déployait pour tout prendre. Annette avait réfléchi ; des hommes, des femmes étaient nés et morts dans cette maison, dans les chambres du bas dont on apercevait, l'été, quand les fenêtres étaient ouvertes, les entrailles encombrées de meubles luisants.

Dans ces lits où dormaient les oncles, où ils mourraient peut-être, par surprise, du moins le demandaient-ils, affirmant leur refus de l'hôpital, de la vieillesse parquée en collectivité et de l'acharnement médical, dans ces lits hauts des oncles étaient morts ceux et celles de leur sang. Annette sentait des présences, la maison frémissait, des frissons couraient d'un bout à l'autre. Derrière la cloison dérisoire de la chambre s'ouvraient le gouffre de la grange, et, sous elle, celui de l'étable, qui, la nuit venue, malgré l'éclairage sommaire, cessait d'appartenir au monde connu, sombrait coulait à pic dans le noir. Elle n'avait pas eu vraiment peur, même au début. La maison de pierre et de bois était un bon refuge, un lieu sûr, elle le devinait, et pas seulement grâce à Paul. Cette maison ne voulait pas de mal, elle avait certes ses humeurs et parlait, la nuit ; mais on pouvait s'y tenir au chaud. Les vieux morts ne mordraient pas, leurs noms et prénoms étaient gravés sur la plaque au cimetière, des Eugénie, Joseph, Marie, Jeanne, ou Alphonse, Pradier, Durif, Rongier. Annette était allée les visiter, une fois, à l'automne de la première année, avait lu les prénoms, flanquée de Paul qui disait n'en avoir connu aucun, à l'exception de ses grands-parents maternels, les parents des oncles, dont il conservait une image floue de créatures sèches penchées sur des assiettes de soupe. On ne négligeait pas ses vieux morts, ils avaient leur chrysanthème à la Toussaint, ils étaient en paix.

Plus que les vivants. Annette l'avait souvent pensé ; les morts n'avaient pas à se battre, c'était fini pour eux et facile ; plus facile que pour Nicole qui défendait son territoire et son rang auprès du frère. Pendant les premières nuits, nuits de juillet, de plein été, Annette s'était émerveillée de s'endormir, fenêtres ouvertes, dans le friselis limpide des cloches des vaches répandues de part et d'autre des bâtiments, le troupeau de Paul dans le pacage du haut et celui du voisin en lisière du bois de hêtres qui cernait le hameau. Tant de douceur onctueuse, tant de grâce nuitamment dévolue à ces bêtes lourdes et lentes la stupéfiait. À l'automne seulement, quand on avait fermé les fenêtres de la chambre, et, plus tard, rentré les bêtes à l'étable, Annette avait entendu le langage de la maison, de son armature, de ses jointures raidies de froid, de sa grande carcasse sèche toute suspendue à l'épine dorsale de la charpente rousse dont au début Éric avait compté et recompté les poutres, sans jamais arrêter son calcul, la tête renversée, bouche ouverte, tenace et muet, suivant du regard les acrobatiques agissements des hirondelles empressées auprès de leurs nichées. Paul avait expliqué que les hirondelles reviennent chaque année dans les maisons, si elles ne reviennent pas, ça n'annonce rien de bon ; mais à Fridières, elles étaient toujours revenues, Paul ne se souvenait pas de saison sans hirondelles, les oncles non plus qui étaient nés là, n'avaient jamais quitté la maison et n'oubliaient rien des choses anciennes. Alors, on était tranquille, avait conclu Éric rapportant à sa mère cette conversation entre hommes. Un peu plus tard, il avait ajouté, rieur, que d'après Paul on savait pour le ronflement. Le ronflement d'apocalypse qui, tôt dans la nuit, montait, puissant et souverain, impérial et tonitruant, des chambres du dessous, était celui de Nicole ; elle s'en trouvait mortifiée, refusait de le reconnaître, poursuivant d'une ire acerbe quiconque osait en sa présence la plus infime allusion à certains ronflements sonores dont on pouvait, à Fridières, être bercé en début de nuit au moment de trouver le sommeil. La nièce poussait l'art du camouflage jusqu'à prétendre être elle-même incommodée chaque soir par l'éblouissant numéro de duettistes des oncles qui semblaient se donner la réplique d'une chambre à l'autre, plus volontiers diserts la nuit que le jour. Annette avait souri, émue soudain de voir une confiance toute neuve pousser sa pointe douce entre Éric et Paul, amusée aussi, un instant, de penser à cette Nicole revêche et guerrière vainement empressée, depuis des années sans doute, à bouter hors du logis le soupçon rigolard d'une supplémentaire disgrâce.

Les oncles, à plus de quatre-vingts ans, avaient dû se résigner et comprendre qu'ils ne pourraient plus entretenir seuls le considérable potager qui était leur glorieux apanage. Tout le pays savait qu'ils avaient la main verte ; le gel ne les surprenait pas, eux ; ils se jouaient, eux, des aléas du climat, des printemps avares, des hivers doucereux, des étés trop secs, des invasions de rats taupiers et autres fantaisies fin de siècle. Ils travaillaient parfois ensemble mais se succédaient le plus souvent selon un ordre mystérieux autant qu'impeccable, sans que l'on pût jamais surprendre entre eux la moindre controverse au sujet du jardin, alors que la chamaillerie goguenarde, à propos de tout et de rien, la sourde et sempiternelle et fraternelle querelle était leur seule façon connue de vivre ensemble. Tous deux pareillement juchés, torses noueux, sur de hautes pattes d'araignées, lancés à près d'un mètre quatre-vingt-dix, à une époque et en des contrées où la plupart des hommes se contentaient d'un mètre soixante-quinze, voire soixante-dix, et se présentaient campés sur de fortes jambes courtes, les oncles devaient une part essentielle de leur réputation de singularité à ces corps incongrus dont la ressemblance n'avait cessé de s'accroître avec l'âge. Ils avaient été superbes et faisaient de splendides vieillards, aux yeux clairs, aux cheveux très blancs et drus, aux gestes précis et élégants. Voués au travail féroce, autarciques, quasiment mutiques en société et, à ce titre, peu recherchés, sauf à des fins utilitaires, ils ne s'étaient jamais répandus après boire dans les cafés, sur les champs de foire, ou chez les voisins ; ils n'avaient d'ailleurs pas bu, ni fréquenté les cercles de chasseurs ni rejoint en leur jeune âge le corps municipal des pompiers volontaires. Ils ne furent d'aucune guerre, trop tendres pour la seconde, trop vieux pour l'Algérie. Ils n'avaient pas quitté le pays, si ce n'est pour le service militaire accompli dans les chasseurs alpins et dont ils parlaient peu, marquant seulement un certain étonnement d'avoir vu là-bas, pour la première fois, de bonnes vaches qui n'étaient pas des Salers. Ils avaient à peine connu Aurillac et encore moins Clermont-Ferrand, ou Paris, ou le monde inouï dont la télévision leur déversait à domicile l'inintelligible rumeur. Ils n'avaient pas désiré d'autres horizons et, quoique relativement tôt délivrés de la tutelle parentale, leur père et mère ayant sans atermoiement notable vidé la place à un âge décent, les oncles ne semblaient pas avoir cherché à prendre femme ni à garnir la maison. Du moins n'en parlaient-ils pas et, circonstance plus étonnante, n'en parlait-on pas autour d'eux. On les confondait parfois, ce dont ils s'amusaient sourdement ; on les croyait jumeaux, ce qu'ils n'étaient pas à quinze mois près ; on les considérait peu ou prou comme des sortes d'originaux dont le moule était cassé, et qui méconnaissaient leur bonheur d'avoir auprès d'eux, pour les accompagner en leur vieillesse et leur succéder, un neveu et une nièce praticables et providentiels. Et chacun de sourire aux brusqueries de l'abrupte Nicole. Mais où eussent-ils échoué tôt ou tard les oncles orgueilleux, sans Nicole qui s'y entendait à soigner les vieux, les siens et ceux des autres, dans toute la commune, courant d'une maison à l'autre, deux heures ici et deux heures là, inlassable, affairée et expédiente ? Où ? À la maison de retraite. De Riom, d'Allanche ou de Condat. À attendre l'heure de la soupe, récurés, au chaud, coquilles vides, suspendus dans le rien. Quant à Paul, on le trouvait brave et bonne pâte, et pas fainéant, et plus malin que tous les autres au bout du compte, puisque à force de tenir et de vouloir, de regimber et de résister, il avait emporté le morceau. Les oncles avaient cédé. Paul restait seul maître à bord, décidant de tout à Fridières, conduisant ses affaires, traitant avec les marchands de son choix, renouvelant le matériel et le cheptel à sa guise sans plus se soucier des ultimes braiments des oncles réduits à l'impuissance par leur seul défaut de force. Le temps avait été de son côté, travaillant pour lui et, sous ses dehors plus ou moins paternes, Paul n'en avait pas démordu ; on l'avait débarqué à Fridières à dix-sept ans, frais émoulu d'une scolarité indigente et d'un maigre début d'apprentissage en mécanique, flanqué d'une Nicole sauvage, fruste et indignée ; il s'en était accommodé. Nul ne l'avait empêché de faire de cette poignée d'hectares, cinquante-trois, dont un bon quart de friches pentues à peine propices aux pérégrinations ovines, son royaume suffisant. Il s'accrocherait, il persis-

terait ; il n'irait pas mendier ailleurs ce qui était
là, comme sa part du monde, âpre, à inventer, à
arracher chaque jour dans le travail qui moud le
corps et fait passer la vie. La douceur de Paul, sa
bonhomie placide, ne laissaient aucune illusion.
Il était du même sang que les oncles et la sœur,
de la même race verticale. Quelque chose en lui
ne pliait pas, ne plierait pas, même si, bien plus
que dans les générations précédentes, les hommes
de son temps se devaient de s'arranger avec les
banques et les lois de l'économie entrées, pour n'en
plus ressortir, en leur ancestral pré carré dans le
riche sillage des primes et des injonctions de la
politique agricole commune. Paul, par naturelle
disposition plus encore que par mûre décision,
avait su se garder de la galopante amertume et de
la plainte ressassée. Sa plaie vive avait été autre, le
mordant ailleurs, du côté de l'enfant, du fils ou
de la fille, de la créature de son sang qui ne serait
pas, n'adviendrait pas. Rien ne serait transmis,
continué, perpétué. Il n'y aurait pas de suite, c'était
son mot ; classée sans suite l'affaire de Fridières,
comme il était dit au journal télévisé de certaines
sagas criminelles. Longtemps Paul avait senti s'enra-
ger en lui, dans sa peau, ce vain désir de faire
famille, de porter fruit, qu'un enfant soit là pour
grandir dans la maison et dans la cour, y jouer, y
rire, s'y ennuyer, en partir, y revenir. Paul se savait
capable de montrer le travail et d'accompagner
pour faire comprendre du dedans de quoi il retour-

nait, comment et pourquoi continuer ce métier du ventre, premier, hors d'âge. Cette certitude ardente et sans emploi avait pesé sur lui de toute son écrasante vacuité jusque dans sa quarantième année. Ensuite une sorte de soulagement lui était venu, il n'eût pas su dire en vertu de quelle inflexion souterraine ; il avait baissé la garde, il s'était apaisé, balayant d'un haussement d'épaules les sermons avunculaires et les jérémiades acides de la sœur. Son lot était là, à Fridières ; et tant pis pour l'avenir. Rien n'était grave. Hors de vieillir sans douceur. Il s'inventerait une femme pour lui, il chercherait, il trouverait. Il avait trouvé Annette et embarqué Éric, sans qui Annette restait inaccessible. Il s'étonnait lui-même de cet accommodement raisonnable et témoignait sans difficulté à ce garçon qui ne deviendrait pas son fils une bienveillance ronde. Il n'était pas naïf et pressentait que l'obstacle surgirait moins en aval, du côté de l'enfant, qu'en amont, avec les oncles et Nicole. C'est pourquoi il avait réfléchi, conçu, agencé et manigancé, comme il savait le faire, en homme industrieux rompu aux longs travaux de patience. Ils auraient beau, les trois, tournicoter, finasser, ruminer, tempêter, et se caparaçonner dans un silence hostile, Annette viendrait et, si elle le voulait, elle resterait, creuserait sa trace. Ainsi la vit-on, dès le premier été, au potager, chapeautée de paille légère, cueillir petits pois et haricots verts, groseilles et framboises, ou autres légumes et fruits d'acabits divers, tâche qui rebutait Nicole et dont les oncles ne s'acquittaient plus qu'à grand-peine. Annette, patiente, silencieuse et zélée, les soulagea, introduite en ces fonctions par Paul qui savait le territoire partiellement vacant. Les oncles ne protestèrent pas, se résignant avec magnanimité, et risquèrent même à la fin de la deuxième saison quelques commentaires élogieux sur la constance d'Annette dans les fastidieuses cueillettes et sa persévérance dans la confection soignée de conserves destinées à la maisonnée. À l'automne, toute honte bue, ils vinrent à résipiscence devant des confitures de fruits rouges dont ils allèrent jusqu'à vanter à Lola les mérites éclatants qu'ils la jugèrent digne d'apprécier, preuves tartinées à l'appui.

Après la première journée à Nevers en novembre, Annette avait souvent pensé aux mains de Paul. Comme si elle les avait sues par cœur d'un seul coup. Le corps de Paul avait commencé avec ses mains. Car il faudrait composer avec le corps de l'agriculteur, l'homme de l'annonce, Paul. Composer faisait partie du lot de l'annonce. Composer signifiait tout, le jour la nuit, la lessive et l'entremêlement, la nourriture et l'étreinte. Annette aimait ce vieux mot d'étreinte qui traînait dans les romans sentimentaux qu'elle lisait du temps de Didier, quand elle attendait Éric et juste après sa naissance ; de vieux romans à couverture jaune et molle que lui prêtaient les sœurs, belles-sœurs et tantes de Didier, les femelles ahuries de cette tribu mâle. Elle avait gardé dans un coin d'elle ce mot, étreinte, et l'avait retrouvé au moment de Paul, intact et vieillot, à peine racorni, prêt à reprendre du service. Avant de connaître Paul, de le voir, en vrai pour la première fois à Nevers dans la lumière grise de novembre, tant qu'elle n'avait encore à ruminer qu'une photo, elle s'était rassurée avec la différence d'âge, ses trente-sept ans les quarante-six de Paul ; neuf ans de différence, presque dix, ça compte ; surtout avec un métier qui use les personnes, les rabote et les plie. Quand elle était caissière au Leclerc à Bailleul, elle repérait tout de suite les paysans qui venaient aux courses une fois par semaine. Ils n'étaient, ceux-là, ni nantis ni cossus ; on le sentait aux achats qu'ils faisaient de nourritures peu dispendieuses, à des hésitations, à des coups d'œil subrepticement jetés aux chiffres affichés. Ils n'osaient aucune question, ne protestaient pas et gardaient dans leur maintien une trace plus ou moins marquée de pesante lenteur et d'effarement face au monde des citadins qui, si modeste fût la ville, vont plus vite et ont, les jeunes surtout les jeunes, des gestes prestes, déliés, efficaces et précis. L'homme de quarante-six ans qu'elle rencontrerait à Nevers serait du côté de la terre, gauche lourd empesé, peut-être, sans doute ; elle ne souhaitait ni se supputait rien de très précis et avait préféré ne pas s'arrêter vraiment sur la couleur des yeux ou les mensurations indiquées. Elle n'avait pas comparé, ni avec elle ni avec Didier, avec ce corps long que Didier avait eu à vingt ans, ce corps sec et dur de jeune homme brûlé du dedans. Elle ne penserait pas, ne devait pas penser au Didier boursouflé et vaincu qui usait à Dunkerque sa carcasse massacrée, suant l'alcool, les dents ravagées et le regard incertain dès le milieu de la matinée. Du corps en débâcle de ce père par elle infligé à son fils, elle n'avait eu que de rares échos, venus d'Éric qui lâchait par bribes quelques images hérissées quand il rentrait de Dunkerque, les derniers temps, avant que ça ne cesse enfin et que le cours désastreux des visites ne soit définitivement interrompu par divers séjours erratiques de Didier en cure de désintoxication et en maison d'arrêt. Éric ne verrait pas son père en prison, ne le verrait pas là, ne le verrait plus. La prison n'était pas un endroit pour Éric, quatre ans six ans bientôt sept. Et le centre de cure non plus. D'ailleurs Éric n'avait pas été réclamé, le droit de visite n'avait pas été brandi, on n'avait plus rien su ou presque. Ensuite on était parti, il fallait partir. Et faire feu de tout bois. Et se jeter dans la lutte. Avec le corps aussi, le corps de trente-sept ans, celui que l'on avait désormais, doux et jadis humilié. À Nevers le lundi 19 novembre, Annette avait vu sans le voir le corps de Paul. Toute son attention avait été happée, dévorée par les mots de Paul. Et par ses mains. Qui parlaient avec lui, soutenaient sa parole, la relançaient ou reposaient à plat sur la table, dans les creux de silence, et frémissaient comme mues de l'intérieur par de sourds tressaillements qui disaient ou tentaient de dire ce que Paul taisait, ce qu'il gardait tapi sous le flot des choses audibles. Ni Annette ni Paul n'iraient extirper ce qui restait, s'incrustait, dessous. On ne gratterait pas les vieilles plaies de solitude et de peur, on n'était pas armé pour ça, pas équipé ; on s'arrangerait autrement. Le relent de vomi froid des peines anciennes serait ravalé et enfoncé dans les gorges à coups de mots utiles qui disaient la situation présente, la décrivaient, expliquaient ; la maison, les deux logements, l'étable et la grange dans un seul corps de bâtiment, la sœur, les oncles, le travail, les bêtes, le lait, le foin, le matériel agricole, la mécanique, l'isolement, les hivers, la neige, le camion de l'épicier, l'espace, les étoiles des nuits d'été, le silence, le car de ramassage scolaire pour Éric, la chienne Lola, les poules, les lapins, la cour devant la maison, l'érable et les tilleuls, le jardin des oncles, c'était surtout pour les légumes mais on disait le jardin, les provisions dans le congélateur, les voisins, le facteur. Et la vue, grande. Et tout à faire exister à Nevers au buffet de la gare avec des mots ordinaires de ce qui était sa vie à lui, Paul, là-bas à Fridières, depuis bientôt trente ans. Fridières qu'il n'avait d'abord pas choisi. Ce que Paul aurait voulu dire à cette femme qui se

tenait devant lui, venue dans le gris de novembre
d'un autre bout de la France, ce qu'il cherchait à
extraire à force de mots, surpris lui-même et comme
un peu affolé de se découvrir lesté de tant de
paroles à dérouler et entraîné presque malgré lui,
embarqué, ce autour de quoi Paul tournait, le
frôlant, lui donnant corps après un deuxième
chocolat, dans la salle bien chauffée du buffet de
la gare de Nevers où ils étaient retournés vers
les six heures, à la nuit close, avant de repartir
chacun vers son pays extrême, ce que Paul dessi-
nait dans la lumière avare de novembre, c'était ce
goût, cette sorte de contentement qu'il avait finalement d'avoir trouvé place là-bas, à Fridières,
Cantal, pays très perdu, et possible. Pays possible
au point que lui, Paul, avait passé l'annonce, y
avait cru, encore, y croyait, était là, devant elle,
Annette, était là tout emberlificoté de mots, les
mains posées sur la table beige. Mains qu'Annette
tenait dans son regard, prises dans la clarté de ces
yeux patients qu'elle avait déjà sur la photo ; et
plus encore en vrai. La photo ne mentait pas. Paul
l'avait senti dès ce premier jour à Nevers ; avec
ces yeux-là, cette patience tenace, on pouvait
venir à Fridières, essayer, tenter au moins, avec le
fils, malgré la sœur et les oncles et malgré tout.
Dans la voiture, dans son vacarme chaud, aux
heures longues du retour, Paul remonterait le cours
de l'après-midi de Nevers, une poignée de temps
dilaté ; il avait trop parlé et elle pas assez, ou si

peu, son fils sa mère les difficultés pour le travail. Il faudrait d'abord attendre, laisser tout ça, et se revoir en janvier ; il avait suggéré deux jours même si c'était compliqué pour se faire remplacer deux jours à Fridières avec les bêtes ; enfin pas tout à fait deux jours, une soirée un soir une nuit, et une partie du lendemain. Il n'avait rien ajouté, à cause de la nuit, et elle non plus. Ils s'étaient tus, les deux ; mais une nuit, il fallait il faudrait. On trouverait une date, on regarderait les calendriers, on se parlerait au téléphone, le samedi suivant ou un soir dans la semaine. Plus tard seulement Paul avait pensé, s'était surpris à penser que, pour la suite si suite il y avait, il était indispensable qu'Annette commence à connaître et puisse imaginer Fridières, alors que lui n'avait pas à tout savoir de Bailleul. Au contraire. Bailleul serait quitté, laissé derrière, on fuirait Bailleul. Même si on en parlerait un peu la prochaine fois, on se montrerait des photos, ils l'avaient dit, chacun, des photos pour faire voir, trois ou quatre pas des albums entiers. Mais de Bailleul il n'y aurait presque rien à savoir. Lui, Paul, ne serait pas curieux ; Annette ne passerait pas d'examen, la question de Bailleul ne serait pas examinée, le chapitre de Bailleul resterait clos. Dans le train, entre Nevers et Paris, entre Paris et Lille, Lille et Bailleul, Annette, sur qui avait chaque fois fondu dans les fauteuils rayés un sommeil massif, sépulcral, Annette, éveillée, revenue au monde du Nord mangé de nuit derrière la vitre du wagon, avait eu la surprise des mains de Paul, inscrites, devenues en quelques heures proches et souhaitées.

Paul payait l'abonnement à *La Montagne*. Le journal, apporté en fin de matinée par le facteur, circulait entre les habitants de la maison selon un protocole sanctifié par l'usage. L'oncle aîné l'ouvrait avant le repas ; les nouvelles locales et, en premier lieu, les Avis d'obsèques, faisant chaque jour l'objet autour de la table, entre deux goulées de nourriture, d'une glose partagée plus ou moins rudimentaire selon que le défunt ou la défunte avait vécu dans le canton, dans la commune, au bourg, voire dans le hameau même. Les incontournables seraient honorés d'une participation aux funérailles qui incombait le plus souvent à l'oncle aîné, parfois flanqué de Nicole ; Paul et l'oncle puîné, rétifs aux enterrements, ne consentaient à s'extraire qu'en cas de décès contraire aux lois de la nature ou affectant une personne durablement connue. Le fils des Vidal de Soulages, écrasé à vingt-deux ans par son tracteur neuf renversé sur une pente cent fois pratiquée en d'usuelles circonstances par lui et son père, avait ainsi mobilisé les quatre de Fridières alignés sur le même banc, gorges nouées mains croisées interdits assommés par l'énormité du malheur. Après le repas de midi, au moment du café, l'oncle puîné s'emparait à son tour du journal et parcourait d'un œil furtif les premières et dernières pages, la météo et les programmes de la télé. Venaient alors la sieste des oncles retirés en leurs quartiers respectifs, et l'heure sacrée de Nicole qui, ayant débarrassé la table de la vaisselle qu'elle expédiait promptement, écartelait *La Montagne* dans toute son envergure sur la toile cirée et, juchée à genoux sur le banc, entreprenait une dissection exhaustive du journal, quand bien même elle en avait, du temps des lectures appointées chez la Mimi Caté, défloré trois heures plus tôt les pages consacrées à la France et au monde. Nicole suivait un ordre capricieux, chiffonnait le papier rassemblé en monceau, lissait le tout d'une main rageuse, soulignait de grognements sonores tel ou tel titre d'article ou passage sans que l'on sût jamais ce qui motivait ses bruyantes embardées. Elle appelait ça éplucher *La Montagne* ; c'était le rite de Nicole qui se targuait d'être la seule dans cette maison à se tenir un peu au courant d'autre chose que des nouvelles locales et de la soupe servie par le journal télévisé. Son exécration, entière autant que mystérieuse, des informations diffusées par la télévision n'avait d'égale que sa fidélité fanatique à certaines émissions, dont, au premier chef, l'immarcescible magazine du vendredi soir, *Thalassa*, auquel les oncles convertis par elle vouaient une sorte de culte confinant à l'idolâtrie, pratique d'autant plus incongrue que Nicole, pas plus que les oncles, n'avait jamais vu la mer et n'en manifestait ni le désir ni le regret. Après le repas Paul consacrait sa soirée au journal qui lui était enfin concédé dans un état plus ou moins critique, consécutif aux emportements de sa sœur. Stoïque, voire amusé, il empoignait le tas ébouriffé, rendait aux pages leur ordre premier et prenait à son tour connaissance, à la muette, des ordinaires convulsions, proches ou lointaines, tandis qu'à l'autre bout de la table la télévision déversait son babil coloré. Ensuite, à l'heure du coucher, le journal était abandonné par Paul sur le buffet jusqu'au lendemain matin où l'oncle aîné, le premier levé, le remiserait dans le débarras sur la pile des papiers à brûler. Le journal ne montait pas à l'étage, il était d'en bas, de toute éternité. L'arrivée d'Annette et l'établissement dans la maison d'un second foyer de trois personnes changeait aussi la donne sur ce point. Les oncles et Nicole prendraient-ils un abonnement pour le bas, Paul conservant le sien pour le haut. Deux exemplaires du même journal dans une seule maison ; la mesure, radicale, spectaculaire, parut à Paul singulière et coûteuse. Sans rien en dire il songea que, du moins dans un premier temps, Annette manifesterait sans doute peu d'intérêt pour un journal dont la portée locale, essentielle à des yeux indigènes, lui échapperait forcément. Il n'avait cependant pas pensé aux mots croisés dont il ne savait pas Annette férue. Les deux premiers mois passèrent sans que la question fût tranchée ; on bricola, on improvisa, et Paul, happé par les besognes impérieuses du bref été, éluda le sujet. Septembre, le pays rendu à lui-même dans le silence roux des soirs, et la rentrée d'Éric au collège installèrent Annette et son fils, au regard des autochtones, dans une possible durée. Ils étaient là et ils pouvaient rester ; encore faudrait-il passer l'hiver ; un homme, Paul, le neveu le frère, avait certes des besoins, mais tout ne se résumait pas à cette affaire des corps mélangés ; comment s'accommoderaient-ils à la longue, les deux, et pas seulement au lit. On n'en savait rien, on n'en saurait rien on n'en dirait rien, on secouerait la tête, on oserait un demi-sourire entre soi, en bas à table devant la chaise vide. On remarqua, à la mi-septembre, que désormais Paul emportait le journal chaque soir ; et qu'il le déposait lui-même, quelques jours plus tard, dans le débarras, replié à la page des mots croisés dont la grille était remplie en petites lettres soignées tracées d'un crayon appliqué, appuyé. Annette avait hésité, recommencé, gommé encore, ouvert avec Éric le dictionnaire de Bailleul qui avait trouvé place sur le buffet à côté du téléphone et de l'annuaire, reconstituant ainsi dans la pièce de Fridières un pan têtu de la minuscule cuisine lisse de l'autre vie. Fréquemment brandi, le vieux dictionnaire avait perdu sa raideur de gros volume guindé ; la mère d'Annette, qui l'avait acheté dans une vraie librairie à Lille en 1982 quand sa fille était entrée en sixième, en soutenait avec constance la reliure exsangue par d'astucieuses interventions qu'elle n'omettrait pas de renouveler pendant son séjour de janvier. Nicole et les oncles, s'ils ne manquèrent pas à la vue des grilles complétées d'ironiser sur la présence à Fridières d'intellectuels suffisamment dégagés, grâce au travail des autres, des contingences matérielles pour s'absorber dans d'aussi savantes élucubrations, se gardèrent d'attaquer sur le front délicat des mots croisés. En octobre en novembre, un rite du soir s'établit avant le coucher d'Éric ; la mère et le fils, assis penchés sur la précieuse page extraite avec mille soins du journal au préalable éreinté par Nicole, traquaient les ultimes cases récalcitrantes et n'en démordaient pas, tout empreints d'une ardeur grave, qui, les premières fois, ne laissa pas d'étonner Paul, lequel, de l'autre côté de la toile cirée marquetée de fleurettes mauves, faisait mine de s'absorber dans le reste de l'exemplaire mutilé pour la bonne cause. Plus tard, dans le cours de l'hiver, d'une voix d'abord à peine audible, il osa une ou deux suggestions qui comblèrent mère et fils par leur opportunité. Tacitement admis au nombre des cruciverbistes impénitents, Paul se révéla et se découvrit lui-même doté d'une impeccable mémoire des définitions ayant trait aux fleuves, aux pays, aux capitales. Il se piqua au jeu et attendit ce moment rond niché dans le brouhaha croisé des deux télévisions, celle du haut, chuchotante, et celle du bas, tonitruante autant qu'éperdue.

Annette s'entendait avec Isabelle, du Jaladis. Cette femme douce et décidée, vaste et volubile, l'enveloppait dans son orbe, lui tenait chaud, lui avait tenu chaud au plus vif du premier hiver quand sa mère était rentrée à Bailleul, une semaine avant que ne tombent pendant plusieurs jours des couches de neige homériques telles que, de l'aveu même des oncles, on n'en avait pas vu depuis au moins trente ans. C'était le baptême de ce pays, de la montagne, de l'hiver, de la vie que les gens se faisaient là, loin de tout, sous le couvert lourd des bâtiments de pierre grise coiffés de bleu. On avait toujours tenu, on tiendrait encore, surtout maintenant avec le chauffage central, la télévision et le congélateur plein. On pouvait pousser la neige avec son ventre entre novembre et février, on était taillé pour ça ; mieux valait toutefois n'avoir rien connu d'autre, ne rien savoir des douceurs insidieuses des pays plats ni des émollientes complaisances des terres basses. Annette avait senti derrière le regard gris des oncles et sous leurs manières désuètes ce paquet de mots qu'ils ne diraient pas. Elle comprenait aussi que Paul ne pouvait pas entrer dans sa peau, voir avec ses yeux à elle, neufs, les arbres les prés les chemins, et les morceaux de ciel et de terre que découpaient invariablement les trois fenêtres de la pièce où elle se

90

tenait, jour après jour, seule, hors d'atteinte, pendant les mois de février et de mars de ce premier hiver. Rien ne faisait bloc contre Paul, rien ne se dressait devant lui ; le territoire lui était acquis, il avait gagné, s'était niché là, avait fait gîte, et pour elle aussi avait à sa façon préparé le creux chaud. Elle ne devait pas attendre de lui plus que ce qui était déjà considérable et donné. Elle devait résister, tandis qu'Éric, abasourdi par les monceaux de neige, courait avec Lola, mordait le blanc, le mangeait, et jouait à dessiner sa silhouette jetée en croix, inscrite, taillée dans la couche neuve, et cernait la maison de bonshommes ventrus, sous l'œil presque amusé de Nicole que ces rigueurs hivernales semblaient amadouer. Plusieurs fois, par ce temps de loup, Isabelle était venue ; elle avait surgi, en tracteur, du Jaladis enfoui reclus aboli. Gaillarde sur le vieil engin que tout le pays connaissait, elle faisait escale au retour du bourg. Elle s'était annoncée, avait téléphoné, demandé si l'on avait besoin de quelque chose, et de quoi, sachant à l'évidence que les provisions ne manquaient pas et qu'un bon conducteur s'échappait encore en voiture de Fridières quand le Jaladis, desservi par une route tortueuse et follement pentue, décourageait certains jours les efforts héroïques du téméraire chasse-neige communal. Isabelle arrivait, haute et large, se découpait dans la pièce, ôtait en trois secondes comme chaussons dorés ses bottes de caoutchouc vert, vous embrassait, vous prenait contre elle, vive et preste, toute de chair chaude sous le glacis sévère du froid vaincu qui, autour d'elle, lâchait, se retirait, acculé à la douceur. On buvait le café, le gâteau au chocolat d'Annette fondait en bouche, des riens se disaient, sur le temps les enfants le collège, le car du ramassage qui passerait partout tant que Gilles serait au volant on n'avait rien à craindre c'était une chance inouïe. Isabelle savait aussi comment était la neige dans les bois, lourde grasse et dure à la fois, il y aurait des dégâts, de la casse, c'était trop de poids d'un coup avec le gel prolongé aussitôt après les pires tombées, et des nuits et des nuits à moins vingt, et des journées à moins dix ou moins douze, sans guère de répit pour les arbres. Elle parlait. Elle avait éteint le tracteur en sortant de Bagil, sur le plateau juste avant la descente. Pour regarder. Avec le soleil. L'étendue des pays noyés. Et elle aurait presque eu peur, elle riait de tant de silence aplati sur tout comme après une catastrophe. Elle riait encore. Regardait Annette. Des hivers comme ça, c'était rare, on n'en verrait peut-être plus de dix ou quinze ans ; dans les stations, au Lioran et à Besse, ils se frottaient les mains après des années de disette passées à se battre les flancs pour inventer de quoi distraire les touristes. Et pour l'eau, les nappes phréatiques, les réserves, la végétation, c'était bon toute cette neige ; son père le disait assez, qui était né dans une ferme de l'autre côté de Lugarde, plus haut encore, carrément sur le plateau, rien de tel qu'une bonne couche de neige, qui dure qui reste, pour la repousse de l'herbe au printemps, pas de meilleur engrais. Le père d'Isabelle, au début de l'autre siècle, le vingtième, entre les deux guerres, descendait à l'école à Lugarde et en remontait à skis, des skis de bois taillés par son oncle. Il avait eu son certificat, classé deuxième de tout le canton, aurait pu partir à Paris, était resté, avait fait le paysan aux Manicaudies, chérissant au-delà de tout la merveille de fille unique qui lui était née sur le tard d'un mariage raisonnable et néanmoins heureux. Isabelle du Jaladis racontait, Annette se laissait bercer, hasardait trois mots ou davantage, saisie de confiance ; du temps apprivoisé roulait. Annette se surprenait à dire la joie d'Éric, ses jeux fous avec la chienne ; et aussi qu'elle ne reconnaissait rien depuis la porte de derrière comme si Fridières tout entier, la maison la cour le hangar les arbres les prés les chemins, avaient été transportés ailleurs, arrachés, déplacés en une nuit et deux jours. Elle imaginait mal que ça puisse finir et fondre toute cette épaisseur solide, ces murs durcis que le chasse-neige avait entassés de chaque côté de la route. Quand Annette se taisait, le bruit des pieds d'Isabelle chaussés de laine bleue, et qu'elle frottait l'un contre l'autre sous la table à intervalles réguliers, le gauche sur le droit, grignotait le silence de la grande pièce étourdie de lumière blanche. Annette respirait mieux, le corps tranquille. Après le départ d'Isabelle, sur le seuil de la porte de derrière, elle écouterait décroître le ronflement primesautier du vieux moteur et verrait ensuite, par la fenêtre du milieu, passer en face sous la buée pâle des hêtres nus le rouge aimable du tracteur cahotant. Elle entreprendrait du repassage, éplucherait des légumes pour le bouillon et disposerait sur une assiette les parts du fondant au chocolat dont elle ferait la surprise à Paul et à Éric au moment du goûter, avant les devoirs et la traite du soir. Quand au début du deuxième automne, Paul avait annoncé la mort, à la maison de retraite de Condat, de la mère d'Isabelle, quasi centenaire, Annette avait dit qu'elle viendrait avec lui à l'enterrement. Ils étaient allés, les deux et l'oncle Louis, dans l'église de Lugarde remplie d'hommes et de femmes caparaçonnés de gros vêtements. Annette sentait posés sur elle, furtivement, des regards plus ou moins avertis, la femme du Paul de Fridières son amie quoi sa compagne sa copine comme on dit maintenant avec un gamin du Nord par là-haut depuis plus d'un an même que ça avait l'air de vouloir tenir. Au moment de l'offrande, abritée derrière Paul et le suivant, plaquant ses gestes sur les siens, Annette, quand son regard lent avait croisé celui d'Isabelle, s'était sentie à sa juste place, là, suivie et précédée par les hommes courts dont les mains pendaient ou trituraient des casquettes grises tandis que les femmes, chaussées de bottillons fourrés, tenaient contre elles des sacs rectangulaires, noirs ou marron.

Après Didier, sa sueur d'alcool ses foucades ses brusques sommeils terrassés son poids qui exigeait, Annette était restée dégoûtée des corps. Les mots des autres femmes, au travail, leurs rires leurs attentes leurs stratégies, lui étaient devenus étrangers. Elle se taisait, au bord ; on la laissait. On la connaissait, on la disait vaccinée, une bonne fois pour toutes. On ne la craignait pas comme une rivale, on la tenait pour insignifiante, terne, un peu molle ; on, les autres, les créatures engagées dans la lutte et dans la chasse, acharnées à tenir, à en tenir un et à le garder, ou à l'attraper. Les autres femmes résolues à rester dans la course ne pensaient à peu près rien de cette blonde effacée qui écoutait, parlait peu, ne racontait pas, n'inventait rien, et ne buvait pas, ne festoyait pas, n'empoignait pas les hommes, n'était pas empoignée par eux, malgré l'atout majeur d'une poitrine conséquente. Ces collègues de rencontre, fugaces, disaient parfois en mots crus leur fatigue des mâles, leur vieille colère rance héritée des mères, des tantes, des grands-mères harassées de marmaille et de tâches. Enfant unique, mère d'un enfant unique, grandie dans une famille émaciée par deux guerres, la tuberculose, et une fécondité poussive, Annette s'était toujours sentie séparée de ces femmes nanties de mirifiques fratries, d'ascendance et de descendance pléthoriques. Son corps n'avait pas été et ne serait pas traversé par ces flux puissants, pas plus que ne l'avaient été ceux de sa mère et de ses deux grands-mères. Tôt rangée, retirée, remisée du commerce des chairs, elle pensait parfois au couple tranquille de ses parents et se surprenait à s'interroger sur son enfance assoupie, sur cette quiétude nette qui avait été leur vie et sa vie avant la maladie de son père et avant Didier. Sur la photo de leur mariage, son père et sa mère se ressemblaient déjà, pareillement blonds, clairs de peau et de regard, placides et restés graves sous le sourire flottant qui ne découvrait pas leurs dents. Venue, issue, nourrie de cette douceur tenace, Annette s'était précipitée à vingt ans dans le long tourbillon et les constantes folies de la vie avec Didier. Elle n'avait à peu près rien connu d'autre et comprit à Nevers, en novembre et plus encore en janvier, qu'avec Paul il faudrait tout inventer. Les corps aussi ; les corps surtout. Pas réapprendre, pas recommencer ; inventer. Dans le train du retour, en novembre, elle avait pensé aux mains de Paul dont l'image, très nette, flottait dans son demi-sommeil. Des mains larges et vives qui accompagnaient les paroles, des mains récurées, durcies par des travaux qu'elle ne connaissait pas. Ces mains seraient sur elle, posées, chaudes, appuyées ; ces mains avaient manqué, s'étaient ouvertes sur le vide, avaient attendu, et savaient vouloir. Après la première nuit en janvier à Nevers, dans la chambre minuscule et surchauffée, Annette avait eu un moment de découragement. Faire semblant, avoir l'air de, redouter, s'acquitter de, ravaler sa peine, et sentir celle de l'autre rangée enkystée enfouie. Sentir aussi que c'était mieux que rien, sans doute. Annette secouait la tête dans le train du retour. C'était le prix, il y avait un prix, cet inconfort cette gêne moite. On n'avait pas seize ans, ni vingt ; on n'était pas des enfants, des jeunes premiers, des mariés du jour, des éblouis, des nantis de la vie. Il faudrait s'arranger. On s'accommoderait. Elle s'arrangerait de cet homme calme et décidé qui la prenait, elle avec l'enfant le fils, et lui faisait une place pour durer, peut-être. En juillet à Fridières, Annette avait connu le vrai corps de Paul, un corps en état d'urgence, aiguisé par les travaux immuables et les fenaisons pressantes, un corps d'homme qui court, qui lutte, entre les prés et l'étable, les bras le torse le dos le ventre les cuisses rompus à d'autres étreintes, aux bêtes rétives, aux outils, aux rouleaux de ficelle dure, aux écrous qui résistent dans les rouages chauds des machines. Elle avait senti au long d'elle le soir dans le lit sourdre de Paul cette tension nourrie des mille obstacles de chaque jour qu'il déposait comme il l'eût fait d'un vêtement usé. Par cet abandon, tandis que la fenêtre restait ouverte sur les fragrances têtues des nuits de juillet, sur leur ardeur crépitante de bêtes sonores, Annette avait été apprivoisée. À Fridières, sans qu'Annette songeât à s'en étonner ou à le regretter, Paul avait laissé les lieux et les odeurs, le vide les visages les gestes, parler pour lui. Le verbe de Nevers, cette abondance dont il avait lui-même été débordé, ce flot souple qui les avait saisis, pris, roulés l'un et l'autre, et noués l'un à l'autre, n'ayant plus lieu d'être à Fridières, s'était tari. On avait peu à dire quand il fallait, d'abord, vivre ensemble, le matin le soir, se toucher, s'attendre, se craindre, s'apprendre. On était au pied de ce mur-là, on l'avait voulu, on avait passé l'annonce, on s'était vu et revu, on avait décidé, on était enfoncé dans cette histoire. Avec l'enfant, le fils, le garçon, Éric. Avec les trois, Nicole et les oncles, leurs silences leurs yeux posés. Au creux de ce premier été, dans la vacance accordée de certaines nuits d'août, Paul et Annette connurent de soudaines fêtes qui les laissèrent allégés, délestés des peurs anciennes, alertes et recueillis. Ils ne s'en dirent rien, il n'y avait rien à dire de ces bouffées heureuses, de ce commun miracle de l'homme et de la femme accordés, encordés. On prenait, on prit ce qui était à prendre. On resta discret sous l'œil arrondi d'une Nicole volontiers égrillarde. Les oncles, s'ils furent aux aguets des stigmates de l'ordinaire liesse, se tinrent en prudente lisière et n'osèrent aucune allusion. Annette sentit glisser sur elle, sur ses bras nus sur sa nuque dégagée sur sa poitrine sur ses chevilles blanches, le regard de son fils qui ne poserait pas de question. Éric grandissait sans s'extraire encore de la gangue d'enfance ; son corps serait celui de son père, étiré, torse mince jambes longues ; mais rien en lui, jusqu'alors, dans ses façons d'être, n'était venu rappeler à Annette les usages échevelés de la tribu de Didier, où toujours la parole galopait, déliée, même sans le dard de l'alcool, parole hagarde hirsute constamment capable de tout. Éric se taisait le plus souvent, mais Annette le savait prolixe avec Lola et les devinait, le garçon et la chienne, adossés au mur moussu du jardin, emportés très loin, engloutis en de singuliers conciliabules. Elle demanda seulement à Paul, les deux chambres étant mitoyennes et sonores, de l'aider à déplacer le grand lit.

Un dimanche par mois, on mangeait ensemble, les six, tantôt en haut tantôt en bas. On avait commencé le dimanche de la fête patronale pendant le premier été. D'abord Paul avait parlé avec Annette, le soir de la dernière grosse fenaison, un samedi de juillet. Éric dormait dans la chambre en bois. Devant les trois fenêtres ouvertes sur une nuit épaisse hachée par les éclairs bleus d'un orage lointain, Annette et Paul étaient restés attablés. Paul était content, il laissait derrière lui le plus gros des travaux de l'été ; il fallait avoir du bon fourrage pour bien tenir ses bêtes pendant l'hiver ; la quantité, la qualité et le prix du lait dépendaient de la nourriture des bêtes. Il s'était tu un moment ; Annette attendait, elle sentait qu'il allait dire autre chose, ne pas parler seulement du métier, même si le travail était important. Il avait repris, continué, la voix plus sourde ; il fallait apprivoiser les gens, comme les bêtes, bien se comporter avec eux et les amadouer en leur montrant sa bonne volonté, la guerre tout le temps c'était impossible, on ne résistait pas comme ça, on ne pouvait pas y tenir ou bien on finissait fou, braque ; il avait vécu une période terrible avec les oncles à la trentaine ; et il en connaissait dans la commune de ces maisons de folie toujours au bord de la catastrophe, où c'était histoire sans paroles du matin au soir et du soir au matin, à couteaux tirés, à la maison à l'étable au pré à la laiterie à la grange, on avait chacun son tracteur et chacun sa voiture quand ça n'était pas chacun sa télé, on travaillait sur les mêmes terres mais pas ensemble, on pouvait aussi s'empoigner, entre frères ou entre père et fils, au pré un jour d'orage ou à l'étable quand une bête vêlait et que ça se passait mal, ça s'était vu, on le racontait dans le pays, et encore bien beau quand les gens d'une même famille ne se mettaient pas à dégoiser les uns sur les autres dans les cafés. Annette avait rassemblé ses mains, croisant le bout des doigts, empêchée de dire, mais prête à faire le geste juste pour atteindre Paul, le toucher dans sa peur. Au bout d'un silence Paul avait ajouté que sa sœur n'était pas mauvaise, elle avait la crainte, comme une maladie, la crainte de ne plus servir à rien ni à personne ; c'est pour ça qu'elle s'occupait des vieux, partout dans la commune, pour ça et pas seulement pour l'argent même si elle en avait besoin aussi. Elle s'habituerait, elle s'y ferait. Paul s'était tourné vers Annette, son regard perdu dans le noir crépitant de la fenêtre du milieu s'était posé sur Annette, accroché à elle qui lui faisait face de l'autre côté de la table. Avec Nicole il faudrait tenir et faire semblant. Du temps passerait. Il avait dit de l'eau coulerait sous les ponts, et Annette avait aimé retrouver dans les mots de Paul cette expression de sa mère tant de fois remâchée quand, Didier étant parti rejoindre à Dunkerque sa tribu cabossée, le danger de l'esclandre fatal s'était éloigné et que l'on avait réappris à respirer moins mal dans cette fausse douceur navrée. Pour le dimanche de la fête, Paul marchait dans la pièce, on pourrait les inviter à midi, on tentait le premier pas, ils refuseraient mais Nicole leur dirait de venir, eux, de descendre, que ça se ferait en bas pour la fête ; on n'aurait plus qu'à continuer, un mois après, en haut cette fois, et ainsi de suite. Pour voir. Il fallait essayer. Annette avait rassemblé sa voix, l'orage traînait encore, roulait derrière le Jaladis ; elle était d'accord ; et aussi, pour Nicole, ce qui aggravait peut-être les choses, les rendait plus difficiles et impossibles à dire, c'était Éric ; qu'il y ait un enfant un garçon dans cette maison où il n'y en avait pas eu depuis l'enfance des oncles, Paul et Nicole n'étant pas vraiment de Fridières, pas nés là. Éric ne disait rien, mais elle sentait que Nicole le mettait mal à l'aise. Nicole plus que les oncles. Il la craignait presque et on ne savait pas comment le rassurer puisqu'il ne se plaignait pas ; il avait toujours tout gardé pour lui, même petit, à quatre ou cinq ans, au moment des problèmes avec son père et de la séparation, il se confiait un peu à sa grand-mère, et encore, il fallait deviner. Paul s'était levé et, planté devant la fenêtre du milieu, tourné, de dos, ramassé dans le noir, il avait jeté dans une sorte de soupir arraché que le pire, pour Nicole, était de ne pas avoir eu d'enfant à elle, de n'avoir pas été capable de ça, au moins. Le jour de la fête ils avaient mangé les six, à une heure, dans la salle du bas, Paul reprenant sa place de jadis à côté de sa sœur, Annette et Éric se faisant face, Éric du côté des oncles et Annette à la droite de Paul. Nicole avait parlé d'abondance ; de la messe de dix heures dite par le curé de Riom qui ne se déplaçait à Saint-Amandin à cette heure-là qu'une fois par an, et l'église n'était pas pleine, les gens du camping, les touristes, ne se levaient pas pour ça. Les oncles, chemises à carreaux repassées de frais, haut boutonnées, mangeaient à petites bouchées réfléchies la quiche lorraine servie par Nicole en considérant d'un œil impavide les trois, assis en face, le neveu, la nièce, et la nouvelle recrue qui n'était pas allée à la messe et n'enverrait pas le gamin au catéchisme. Les oncles remuaient d'obscures pensées, souterraines, infusées, anciennes, pas forcément hostiles, que l'on ne connaîtrait pas. On se contenterait de rôder autour d'elles, de les supposer, elles flotteraient en brume diaphane autour de leurs corps secs et légers ; corps qui, pour l'heure, se remplissaient en cadence des nourritures présentées par Nicole, laquelle avait respecté la tradition du menu canonique jadis établi par la mère des oncles, sa propre grand-mère, menu plantureux dont le seul énoncé avait terrassé Annette et Éric quand Paul, par plaisanterie, la veille, avait conseillé le jeûne en annonçant le programme des réjouissances, melon au porto quiche bouchées à la reine rôti de veau pommes de terre haricots verts salade fromages et tarte aux fruits, le choix des seuls fruits étant abandonné à l'inventivité de la cuisinière. Nicole, peu portée sur les fourneaux, était une experte du surgelé qu'elle servait en le faisant passer pour ce qu'il n'était pas, chacun, dans la maison, s'en laissant conter sur ce point, pourvu qu'il eût le ventre plein en temps et heure. Paul ayant proposé d'apporter le dessert, les oncles se régalèrent d'une tarte aux pêches fraîches, petite merveille de saison qu'Annette confectionnait à la moindre occasion, et même sans occasion du tout. Du franc succès de cette tarte royale, Nicole aurait pu concevoir une subreptice jalousie, mais c'était jour de trêve ; si elle pensa qu'Annette aurait dû se montrer plus modeste à la seule fin de ne pas l'offenser, elle sut taire ses humeurs et se pourlécher avec les oncles, reprenant une lichette de dessert pour terminer son café. L'opportun sujet de la messe épuisé, on se rabattit sur Lola naturellement présente dans la pièce et bientôt postée en noble attente derrière les oncles, sachant que, tôt ou tard, il serait question d'elle ; on la gratifierait, d'abord en paroles amènes et œillades flatteuses, ensuite en douceurs enivrantes, dont la diversité trancherait sur l'ordinaire des tartines garnies. Sans rien dédaigner, elle saurait faire honneur aux croûtes de bouchées enduites de sauce onctueuse, aux pommes de terre grasses écrasées sur de minces tranches de pain humectées de jus de rôti, ou aux coins de pâte feuilletée prélevés sur les contreforts de la tarte. Fine mouche, rompue aux subtilités de l'humain commerce, Lola répartirait ses faveurs canines entre les oncles, antiques pourvoyeurs du substantiel quotidien, et le nouveau venu, bout d'homme à sa mesure, fort peu nourricier mais éperdu d'elle et expert en étourdissantes caresses et stupéfiants colloques.

Annette s'appliquait pour ne pas penser au Nord. Elle aurait voulu oublier les contours mêmes des choses de là-haut et tout arracher d'elle pour mieux recommencer à Fridières. On devait se couler dans une vie neuve et prendre garde, se prémunir contre tout. Nicole et les oncles n'eussent pas pardonné, elle le sentait, le moindre faux pas, la curée eût été immédiate, rien ne devait déborder de la masse grumeleuse des peines anciennes et des humiliations incrustées. Ne pas se montrer, ne rien laisser dépasser était la règle. Annette s'était tue dès Nevers, dès ces premiers moments sous le regard vert de Paul. Les yeux de Paul étaient clairs, d'un vert changeant, presque doré dans le soleil d'hiver qui à Fridières certains matins éclatait dans la salle aux trois fenêtres. Elle avait parlé, au téléphone, d'une séparation difficile mais terminée ; et ajouté qu'Éric ne voyait plus son père qui avait refait sa vie à Dunkerque. Paul n'avait pas commenté. Annette s'était abritée derrière l'expression refaire sa vie qui était commode parce qu'elle rassurait les gens. Elle aussi refaisait sa vie, après l'avoir longuement défaite, plusieurs fois, avec patience. Dans l'hiver de Fridières, au creux des après-midi, elle ruminait cette longue déroute, ce goût du pire tant et tant remâché jusqu'à la nausée. Elle ne s'expliquait rien, ne comprenait pas ce qui l'avait précipitée, à vingt ans, contre Didier, sa tribu, ses foucades et sa rage définitive. Elle n'avait pas menti à Paul, elle s'était abstenue de raconter ce qui ne devait pas l'être. Paul n'avait pas la passion de détruire, il se tenait droit de l'autre côté des choses. Il prévoyait, voulait, et se donnait tout entier pour que, autour de lui à Fridières, pièces et morceaux s'assemblent et fassent maison. Il aimait ces mots, faire maison, et en usait volontiers pour les familles qui continuaient à se tenir plus ou moins fières dans les bâtisses trapues disséminées à Fridières, au Jaladis, à la Fougerie et plus loin encore sur les plateaux à la corne des bois de hêtres. Annette comprenait la colère calme qu'il taisait quand Nicole brodait avec gourmandise sur telle ou telle gourle notoire qui, écrasée de boisson et précairement juchée sur un vélomoteur étique, n'avait pas su, au sortir du café de Saint-Amandin ou de Lugarde, retrouver le chemin de la maison froide où personne ne l'attendait. L'usage était d'en rire, et de s'étonner de l'endurance féroce de ces vieux garçons jamais consolés qui passaient la nuit dans un fossé avant de tituber au matin gris vers des étables mal tenues où les vaches meuglaient dans l'attente de la traite. On plaignait fort les bêtes, quand ils en avaient encore, une poignée, sept ou huit vaches vieilles et une escouade de poules effarées. On se demandait de quoi ils vivaient, de quel argent amassé par les parents. Nicole citait des listes de courses débitées devant elle, à l'épicerie de Lugarde, par l'un ou l'autre que la boisson suffisait à faire tenir debout. C'étaient des miches de pain, en abondance, du chocolat au lait, des sardines à l'huile ou des boîtes de pâté. Nicole triomphait, sans femme les hommes ne mangeaient pas chaud, ne se tenaient pas propres, ni de linge ni de corps, sans femme dans une maison on retournait à la sauvagine. Les oncles opinaient vaguement ; on ne saurait pas s'ils envisageaient parfois ce qu'aurait été, sans ce neveu et cette nièce dont une jeune sœur toujours demeurée lointaine les avait gratifiés, leur vieillesse à Fridières, une triste affaire, à n'en pas douter, mais sans éclats notoires tant ils fuyaient le commerce des autres et plus encore celui de la boisson. Depuis Nevers et le flot des paroles lâchées, depuis surtout qu'elle avait pris la mesure de Fridières, de cette douzaine de bâtiments rugueux égrenés au flanc de la côte, Annette savait, en deçà de toute phrase, que Paul avait voulu une femme et l'avait prise elle, en dépit d'Éric, ou peut-être aussi grâce à lui, pour tenir tête à ce vertige de solitude qui brûlait les hommes de ce pays. Paul était des leurs, il les avait connus jeunes, impatients d'être, et les voyait terrassés de vinasse, déjà hébétés à l'approche de la cinquantaine, fussent-ils encore flanqués pour les plus chanceux d'une vieille mère impérieuse, lingère et cuisinière, qu'ils ne sauraient pas soigner quand ce corps, dont ils étaient sortis, trahirait, céderait. Annette songeait que Didier aurait été, à n'en pas douter, le roi de cette cohorte cabossée qui l'aurait reconnu comme l'un des siens, et le plus flamboyant le plus fracassé. Annette devait se faire violence, déchirer les images, les cracher. Elle taisait, il le fallait, les cures de désintoxication, les injonctions de soins réitérées, la prison, en maison d'arrêt à Bapaume une première fois, et d'autres

107

fois que l'on ne comptait plus, ailleurs. À Fridières, moins encore que dans le Nord, Éric ne disait rien de son père. On ne mesurait pas ce qu'il avait deviné ou compris pendant toutes ces années quand il allait dans une école où les autres enfants, et leurs parents, savaient de qui il était le fils et ce qu'il traînait derrière lui de gros scandale écrasant. Il s'était rendu invisible, soigneusement. Jamais les maîtresses de la maternelle ou du primaire n'avaient convoqué Annette pour signaler un comportement singulier ou une incartade. On le trouvait timide, trop effacé, peu liant, mais il apprenait bien, se montrait doux et constant, et n'aimait rien tant, au CM1, que de prendre soin du hamster de l'école, bête sommaire, rousse et grasse, que l'on avait eu la surprise de découvrir, un matin d'octobre, abandonnée dans la minuscule cour de récréation de la maternelle. Aussitôt baptisé, Loulou fut les premiers jours accablé des attentions multiples et désordonnées de la plupart des enfants. Renfrogné, peu avenant voire agressif, il eut tôt fait de décourager son monde à la seule exception d'Éric qui, matin et soir, sans faillir, lui prodigua pendant des mois boisson et nourriture mis à disposition par l'école et se soucia de l'état de propreté de la cage spacieuse léguée par la concierge, abîmée dans l'inconsolable deuil de son perroquet. La mort brutale de Loulou, que l'on trouva raide sur sa litière un matin de mai, laissa Éric désemparé, comme vacant ; mais il ne pleura pas devant les autres et s'inquiéta seulement de savoir ce qu'il adviendrait du corps. La classe enterra Loulou boudiné dans un étui de papier crépon bleu confectionné à grand renfort de Scotch par la maîtresse pressée de dissimuler le cadavre. Éric fut désigné pour déposer la chose dans le trou creusé au fond de l'enclos gazonné jouxtant les cours de récréation. Il s'acquitta de sa tâche, furtif et compassé. Ensuite, au moment du goûter, il dit à sa grand-mère que Loulou était tout dur à travers le papier, il l'avait senti ; et qu'il aurait bien voulu le voir, juste pour vérifier si ses yeux étaient fermés. Annette aimait à se souvenir de l'une des rares occasions où Éric s'était distingué à l'école ; elle n'en parlait pas devant lui tant il rougissait, secouait la tête et rentrait en lui-même comme si cette image de l'enfance encore si proche lui eût été insupportable. À la fin du CE2, à une question du maître qui avait demandé aux élèves d'écrire en un seul mot précédé du verbe faire ce qu'ils voulaient devenir plus tard, il avait répondu, de son écriture lente et ronde, heureux. Faire heureux. Toute l'école s'était régalée de ce mot ; Annette et sa mère avaient été fières, et rassérénées peut-être de deviner, derrière les silences d'Éric, désir, douceur et confiance mêlés, noués, pas éradiqués ni ravagés encore, en dépit du patent désastre paternel. Paul avait aimé cette histoire ; ce gamin ne faisait pas de bruit, ne tenait guère de place, mais, et de citer l'exemple de

Lola, il savait se comporter, avec les bêtes et dans la vie.

Faire les courses avait été la première tâche d'Annette. Le camion du père Lemmet passait deux fois par semaine vers neuf heures, ou neuf heures cinq au plus tard, et se garait au bout du chemin, où se rassemblaient sous son auvent le Germain, veuf mutique, et les antiques Duval, mère et filles, maigre et fidèle quatuor des permanents de Fridières, les autres, les intermittents estivaux, de plus en plus nombreux, se souciant fort peu de ce rituel exotique et trop matinal. Au camion on trouverait le pain et, en cas de besoin, des articles d'épicerie élémentaire. Austère, voire ascétique, le père Lemmet, sanglé dans sa blouse immuable et parfaitement averti par la vox populi, ne fit aucun commentaire en découvrant un mardi de juillet cette cliente munie d'un filet vert à grosses mailles, belle-sœur à la mode nouvelle de la Nicole qui, empressée dès potron-minet auprès de ses vieillards, avait pris l'habitude de s'arrêter au magasin où sa conversation échevelée faisait les délices de Madame Lemmet, frénétique cancanière accablée depuis près de quarante ans par l'implacable discrétion de son mari. La cause du pain étant entendue, pour le reste, tout le reste, Paul avait prévenu, il ne faudrait pas quémander auprès de Nicole le conseil le plus anodin, ni compter sur elle pour savoir où se procurer au meilleur prix l'huile, la viande, le café, les apéritifs, la lessive, les fruits de saison, tous mystères dont Paul n'était pas instruit, faute d'avoir jamais eu à se pencher sur la question des provisions qui relevait de la sœur. Nicole, sourdement entêtée, ne lâcherait rien ; l'autre, l'usurpatrice, n'avait qu'à s'arranger seule. Elle avait voulu le frère, elle le nourrirait, on verrait le résultat, qui ne manquerait pas d'être faramineux, en haut, dans la cuisine américaine, tandis que les Gaulois, cantonnés en bas, resteraient abonnés, pour le gros œuvre, aux surgelés livrés à domicile, le premier et le troisième jeudi du mois, par un avantageux quadragénaire sanflorain. On parla d'argent. Annette disposerait par mois d'une certaine somme pour couvrir les besoins de la maison. Elle savait compter, acheter au plus serré, accommoder les restes, et ne plaignait ni sa peine ni son temps pour réduire ou éviter les dépenses. On était faible, économiquement faible, écrasé, précaire et condamné à le rester, à chercher l'abri, la niche, à ne pas avoir confiance. Pour Éric seul, Annette et sa mère nourrissaient des espoirs, économisaient des riens qui, joints à d'autres riens patients, permettraient de payer le voyage scolaire annuel et l'Encyclopédie illustrée et, en quatrième ou en troisième, l'ordinateur. Éric serait comme tout le monde, aurait ce qu'il faut, et il étudierait assez pour échapper, plus tard, aux mâchoires de fer des seules dépenses incompressibles et à l'étau des fins de mois qui commencent le 10. Éric aurait une vie meilleure, lui ; elles le croyaient, tout ce qu'il leur restait de désir se tenant là, rassemblé là. À Fridières Annette s'appliquerait, ne céderait pas aux aimables sirènes des pâtes sempiternelles et des pâtisseries sous coque de plastique transparent. Elle n'avait pas d'autre assurance que celle-là ; elle saurait tenir une maison et un budget ; elle craignait seulement que Paul, qui n'avait pas caché, à Nevers, la relative modestie de ses revenus, ne fût de surcroît conforme à la fâcheuse réputation de parcimonie attachée à sa corporation. L'argent avait été, avec Didier, un terrible sujet de lutte, les paies maigres et irrégulières étant trop souvent dévastées par d'orgiaques séances de bistrot et autres ravageuses facéties. Au petit supermarché de Condat Annette observa les trois caissières, comparant leurs façons d'être et de faire avec ce qu'elle avait elle-même connu, quelques années plus tôt, quand elle occupait l'autre côté de la caisse, anesthésiée, l'estomac noué, le ventre pris par la hantise de voir surgir, à n'importe quelle heure du jour, hirsute, menaçant, la face terreuse et l'œil allumé, un Didier brûlé de boisson qui voudrait forcer l'entrée du sanctuaire garni, gesticulerait, vociférerait d'abondance en un galimatias familial mâtiné de linéaments polonais, avant que Monsieur Brunet, le gérant, colosse bonhomme, ne finisse par monter au front, parlementant d'abord, saisissant ensuite l'énergumène à bras-le-corps, le ceinturant à la seule fin de le calmer et de l'évacuer pour permettre le paisible déroulement des opérations commerciales. Annette ne vivait plus, multipliait les erreurs de caisse, écoutait les coups sourds de son sang dans ses oreilles, déglutissait sa peur des précises obscénités mêlées à son prénom que Didier gueulait parfois avant d'être écarté, rendu au-dehors, cédant enfin à la poigne sans appel de Monsieur Brunet. Ensuite il faudrait se reprendre, dénouer l'écheveau serré, aller au bout de sa journée, sentir sur soi le regard des autres filles dont les hommes, parfois tout aussi désastreux, réservaient du moins leurs baroques prestations au seul cercle de famille ou au café du quartier et avaient la décence de ne pas se produire en public sur le lieu de travail où les femmes gagnaient l'argent pour vivre. Même si son empêchement de parole dressait autour d'elle une sorte de silencieux barrage, on pensait, Annette le sentait, qu'elle aurait assurément pu, s'y prenant d'une autre manière, plus vigoureuse, plus nette, dégagée et affirmée, limiter les égarements de ce poivrot insensé qu'elle avait choisi et qu'elle s'obstinait à garder auprès d'elle, infligeant à son fils le fardeau d'un père innommable, moqué de tous. Rentrant de Condat dans la Dyane beige, Annette ruminait des images, des souvenirs nauséeux qui remontaient, accrochés à la ligne de caisse, aux tabourets incommodes, aux blouses obligatoires, aux sacs en plastique bruissants et diaphanes. Sa vie, dans le Nord, avait été déchirée par tous, connue, empoignée, disséquée, jugée, vilipendée. Éric, dans le Nord, était et resterait le fils d'un déchet, d'un violent dévoré d'alcool, incapable de tenir une place plus de quinze jours, perdu de réputation, un individu que les employés des services sociaux, à bout de ressources, se renvoyaient de bureau en bureau, clamant haut et fort, exaspérés, vaincus, que le cas relevait de la police ou de la psychiatrie, voire de l'une et de l'autre ; on ne pouvait pas défendre les gens contre eux-mêmes, il fallait que sa femme, ou plutôt sa compagne, ou sa concubine, on ne savait pas trop quel mot mettre là où il n'y avait pas eu de mariage officiel, que la mère de son fils en tout cas, très vite, elle n'avait que trop attendu, espéré, pardonné, se sauve et sauve le gamin, l'enfant affligé d'un tel géniteur. Annette n'oubliait rien ; au fond d'elle, à Fridières, le féroce dépôt fermentait. Elle en percevait les sourds élancements, les clapotis insanes quand, les yeux brusquement ouverts dans le noir de la chambre, elle reconnaissait à son flanc droit le sommeil abyssal de Paul et s'appliquait à calmer, sans bouger, pour ne pas le réveiller, pour qu'il ne sache pas, ne sente pas, les battements énormes de son sang affolé. Le corps ancien, lâché dans l'abandon du sommeil, haletait, éperdu traqué rompu, comme aux heures les plus fastes de la vieille vie, celle que l'on avait laissée, là-haut, dans le Nord, voulu laisser, pour recommencer, ici, autrement, loin, au plus loin.

Annette avait trouvé un travail. Pendant le deuxième été. À Nevers, déjà, Paul avait expliqué combien c'était difficile, pour les femmes de paysans, fussent-elles du cru, de s'employer contre rémunération en dehors de la ferme. Les temps, certes, changeaient ; quelques années plus tôt, il eût encore été impensable, pour l'honneur d'une famille et d'une maison, qu'une épouse de propriétaire ou de fermier prospère quémandât le moindre emploi, le travail salarié restant l'apanage des femmes auxquelles leur naissance ou une mésalliance ou un extraordinaire et flagrant malheur imposait un destin ancillaire. Un rien de cette raideur ancienne demeurait qui se heurtait aux contraintes économiques chaque jour plus pressantes ; on apprenait qu'une telle avait pris des heures de ménage ici ou là, ou entrait en service à la maison de retraite, à mi-temps, et qu'une autre s'occuperait des enfants de la cantine quatre jours par semaine ; on en venait à espérer pour sa fille mariée dans la commune voisine ou pour la belle-fille ou pour la nièce une semblable aubaine dont on savait, sans le dire, qu'elle relevait moins de la chance que d'un tenace travail de réseau accompli dans l'ombre patiente. Un diplôme d'aide-soignante, voire, si l'on osait y songer, d'infirmière ou d'assistante sociale ou d'institutrice, devenait un formidable viatique, une fille ainsi pourvue faisant sans conteste figure de partenaire idéale, de compagne inespérée, pour un jeune agriculteur résolu à ne point déserter l'ancestrale place. Annette étant une étrangère, on se souciait fort peu de l'introduire chez soi pour le gros ménage et son affaire paraissait d'autant plus mal engagée que, Nicole occupant le terrain des soins aux personnes âgées sur lequel il aurait été impensable de lui faire concurrence, on ne voyait guère quel recours restait ouvert à cette femme timide, discrète, à la limite de l'effacement. D'Annette et de son fils au nom polonais il n'y avait rien à dire et l'on ne disait, au bout de deux années ou presque, à peu près rien, tant on manquait d'aliment, la diserte Nicole, qui, seule, aurait pu fournir des informations de première main, se montrant sur ce chapitre d'un constant mutisme. Parfois Annette et Paul parlaient, le soir, quand on sortait les dossiers du buffet pour quelque mise au point comptable ou administrative ; les revenus de la ferme n'avaient pas augmenté, à trois ça devenait délicat. On comptait, pour tout ; on faisait attention, à l'électricité, au téléphone, à l'essence, au chauffage, à la nourriture. Pour les vêtements on s'arrangeait avec les soldes des catalogues. Annette savait que sa mère remplissait ce qu'elle appelait la tire-lire d'Éric, qui permettrait de pourvoir aux dépenses de rentrée et aux frais suscités par l'école. Le reste, pour elle, le coiffeur ou une veste chaude pour l'hiver, pouvait toujours attendre. Annette avait adopté le petit supermarché de Condat où elle descendait une fois par semaine au creux de l'après-midi parce qu'elle y serait tranquille pour réfléchir, calculer, comparer, reposer ce qui était en trop, barrer au crayon sur la liste, hésiter, supputer. À Condat Annette se laissa apprivoiser par Éva, l'une des trois caissières qui faisait aussi office de gérante, ou de chef. Annette n'aurait pas su quel mot employer vraiment ; l'échelle du magasin la déroutait. Pendant ses neuf années d'intermittence en caisse dans le Nord, elle n'avait rien connu d'aussi minuscule que ce hangar gris et beige planté à l'entrée du gros bourg, ou de la petite ville, là encore les mots lui manquaient. Éva avait vingt-neuf ans, dix ans de moins qu'elle, avait pensé Annette quand, au sortir du premier hiver, un jeudi gris et doux de fin avril, elle avait surpris dans le magasin désert les trois caissières, Éva, Martine, et Monique, tonitruante doyenne, rassemblées autour d'un café et d'une tarte au chocolat piquée en son centre d'une unique bougie jaune. Vingt-neuf ans, un 29 avril, la jeunesse, et moi le double tout rond et trente-trois ans la belle Martine, l'âge du Christ, avait précisé Monique en offrant à Annette qui n'en demandait pas tant une large portion de la tarte magistrale, chef-d'œuvre de moelleux, de fondant, et de saveur confectionné par Éva, dont, dans la foulée, la preste Monique déroula le pedigree complet à l'intention de cette cliente assidue. Toutes trois savaient qui était cette femme, d'où elle venait, où elle vivait et avec qui, et qu'elle avait au collège un fils unique, et que ça ne devait pas être facile tous les jours à Fridières avec la Nicole et les deux vieux, les oncles. Monique fut prolixe autant qu'expéditive ; Éva était peut-être en famille avec Annette dont le fils portait un nom très proche, à une lettre près, allez savoir avec ces noms polonais impossibles, du nom de la mère d'Éva. Annette, loin de s'effaroucher de cette soudaine irruption, à Condat, à l'heure du café, d'un passé purulent et enfoui, se surprit à écouter les promptes explications de Monique. Éva, rieuse, laissa se dévider l'odyssée de sa mère, et la sienne, avant de conclure que, bien que née à Cracovie, elle ne connaissait rien de la Pologne et trouvait que ça mériterait bien un voyage pour ses garçons quand ils seraient plus grands maintenant que le pays était dans l'Europe ; mais sa mère ne voulait pas entendre parler d'y retourner, même pour un court séjour, comme si elle avait peur de ne pas pouvoir en revenir, alors que ses trois frères et sœurs plus jeunes y vivaient encore. Mariée, mère de deux fils, installée dans une vaste maison construite par son mari menuisier, Éva éclatait d'une sorte de joie ferme qui, un instant, à son seul contact, adoucissait le contour des choses. Annette, séduite elle aussi, osa confier à Éva, par bribes, que le père de son fils était évidemment polonais, né en France certes, mais d'une famille nombreuse, venue en bloc juste avant la guerre, des environs de Cracovie. Éva avait une petite voisine dans la classe d'Éric, dont elle savait par ce truchement l'étonnante mémoire et la passion pour Lola, la chienne de Fridières. De semaine en semaine Annette goûta ces rendez-vous informels du supermarché et lâcha qu'elle aussi avait travaillé en caisse, là-haut, dans le Nord. Éva ne faisait pas de commentaires et se souvenait de tout. Plus d'une année après le jour de la tarte au chocolat, à la fin du mois de juin, elle demanda à Annette si elle serait disponible pour des remplacements pendant les congés d'été, où il ne s'agissait pas de mollir, le canton connaissant entre le 14 juillet et le 15 août un précieux afflux de population. La jeune fille recrutée les années précédentes, étudiante à Clermont, venait d'être reçue à son concours de professeur et ne reprendrait pas. Annette n'hésita pas et s'entendit répondre qu'elle acceptait, tous les horaires lui conviendraient, elle commencerait quand on voudrait. Paul serait content, Éric aussi, elle en était sûre ; et d'appuyer sur l'accélérateur de la Dyane éperdue dans le grand tournant de la côte de Fridières. Le soir on but un verre de cidre. On ne dirait rien en bas avant d'avoir commencé. En octobre, Martine annonça un congé de maternité pour un troisième enfant ; son mi-temps était à pourvoir ; du pain béni, Annette ferait l'affaire, six

mois au moins sans compter les couches patho-
logiques et l'allaitement ; et Martine se tâtait,
hésitait, pour un congé parental, avec ses trois, si
rapprochés ; et la retraite, elle y pensait, Monique, à
la retraite, dans dix-huit mois ou deux ans, ça serait
Byzance. Monique riait, lancée ; tu mettrais des
sous de côté il en reviendrait pas ton homme tu
changerais la Dyane.

Dans *Le Robert*, au collège, Éric avait cherché
bustée. Il n'avait trouvé que buste et bustier ;
bustée, cependant, était dans l'annonce qu'il avait
découpée dans un vieux numéro du *Chasseur
français*, le seul magazine auquel les oncles eussent
jamais été abonnés pendant une poignée d'années
sur l'initiative incongrue de Nicole, laquelle, édi-
fiée par l'exemple de la Mimi Caté, avait pensé
les détourner, ce faisant, de leur addiction télévi-
suelle massive. Deux ou trois douzaines de revues
racornies étaient entassées dans un coin du caba-
non des papiers où les oncles les avaient abandon-
nées, de guerre lasse, tant ce matériau de qualité
incertaine, en tout cas inférieure à celles des
pages dociles de la chère *Montagne*, se montrait
rétif à la flamme, retors et, pour tout dire, peu
propice à l'autodafé. *Le Chasseur français* brûlait
peu, ou mal et lentement ; le feu y couvait sans
conviction, le tas brasillait à bas bruit, nauséa-
bond et languissant, quoique dûment aéré par les

oncles à brefs coups précis d'une fourche antédiluvienne réservée par eux à cet usage exclusif de la stimulation des feux de papier, de vieux foin et autres détritus dont ils étaient friands, ne manquant jamais, deux fois par mois, le dimanche après-midi, après la sieste et avant la traite, à ces rendez-vous pyromaniaques abrités du vent folâtre de Fridières par le mur nord de la grange et le dos arrondi de l'ancien four à pain. Éric avait deviné, plus qu'il ne le savait, que sa mère et Paul s'étaient connus par une annonce passée dans un journal, et pas sur internet dont ils ne disposaient ni l'un ni l'autre. Chez son père, à Dunkerque, à sept ou huit ans, il avait eu tout loisir de découvrir ces horizons insoupçonnés de sa mère sous la férule volubile de Christiane, la fiancée, ou l'amoureuse, ou l'amie la compagne la concubine la copine de son père, il connaissait tous les mots. S'étant avisée que l'enfant était habile dans le maniement du clavier, ladite Christiane avait résolu, sous prétexte que ça lui serait utile à l'école où l'informatique était l'avenir, de l'embarquer dans de folles chevauchées sur la toile, tour à tour salaces ou romanesques, mièvres ou épicées. Tôt lesté d'un lexique riche et contrasté, averti de pratiques audacieuses et d'usages déconcertants, Éric s'était tu, cachant cette initiation précoce à sa mère ou à sa grand-mère, mais il n'avait rien oublié des loisirs ainsi partagés avec cette Christiane fantasque, enveloppante, large de corps et d'esprit, dont l'âcre odeur de sueur rance était encore pour lui associée à l'écran et au clavier. Les annonces de Fridières, publiées sur papier jaune dans *Le Chasseur français*, étaient sages, à la limite d'une sorte de paresse dans la traque qui eût déclenché les foudres railleuses de la grosse Christiane. Les hommes recherchaient une femme mince, ou svelte, et non fumeuse ; ils voulaient une personne douce, tendre, sérieuse ; et sans attaches, ce qui signifiait sans enfants, libre, c'est-à-dire, Éric le comprenait, pas comme sa mère. Les annonces des femmes parlaient de bon niveau, d'aisance, de sécurité ; on y rêvait de cadres supérieurs et de retraités de la fonction publique. Éric savait par cœur certaines annonces choisies, Célibataire quarante-quatre ans un mètre soixante-sept soixante-neuf kilos sans enfants chauffeur agriculteur cherche jeune femme aimant campagne voulant fonder un foyer heureux désirant enfants ; ou encore, Cherche compagne cinquante soixante-deux ans féminine (bien bustée) sans attaches pour vie alternée Paris campagne. Féminine et bien bustée seraient donc presque synonymes ; mais *Le Robert* tant vanté en sixième, et derechef en cinquième, par Madame Martin, résistait à bustée qui ne se concevait pas au masculin et s'entendait assez sans recourir à une définition canonique. Éric, toutefois, tenait à la précision du dictionnaire et à ces certitudes alignées en caractères minuscules et colonnes impeccables. À Poitrine il avait lu, Poitrine des femmes, seins. Gorge. Gymnastique pour la beauté du buste. Sa mère était bien bustée, sans gymnastique pour le buste et sans gymnastique du tout ; elle ne s'intéressait pas au sport, n'en avait jamais pratiqué aucun et regardait seulement le patinage artistique à la télévision. Éric se demandait comment, dans une autre vie, son père et sa mère avaient pu être ensemble et comment il pouvait venir d'eux, de là, de ces deux rassemblés. Il ne savait pas au juste quels mots mettre sur ces choses du corps et du sentiment dès lors qu'il s'agissait de ses parents. Il aurait peut-être posé des questions à sa grand-mère si elle avait été avec lui à Fridières ; mais au téléphone c'était impossible, et quand sa grand-mère venait les voir, ils n'étaient jamais seuls ensemble assez longtemps pour pouvoir parler vraiment comme ils le faisaient jadis après le goûter chez elle, assis sur les tabourets ronds à la table minuscule de la cuisine prévue pour une personne, à l'extrême rigueur pour deux. Sa grand-mère écoutait les questions, il fallait attendre, parfois elle répondait longtemps après. Il mangeait les tartines qu'elle préparait au fur et à mesure, trois tartines au plus, avec du beurre et du chocolat en poudre ; juste la bonne quantité de chocolat ; elle appuyait avec le couteau à bout rond pour que le beurre mou se mélange avec la poudre et que l'on puisse respirer en mangeant la tartine au lieu de se retenir par crainte d'éternuer à cause du picotement provoqué par le chocolat.

Ils appelaient ça les tartines difficiles. À sa grand-mère Éric racontait parfois comment c'était à Dunkerque avec la grosse Christiane, les jumeaux qu'elle avait eus avec un autre homme avant de rencontrer son père, et le berger allemand Sultan. Il disait des morceaux, en bloc, et se taisait si sa grand-mère l'interrompait. Le berger allemand ne le reconnaissait pas et aboyait quand il entrait dans la chambre qui était aussi celle des jumeaux. Son père lui expliquait qu'il avait programmé le chien pour ça, pour qu'il protège les jumeaux, leurs affaires et leur territoire. Éric ne faisait pas partie de la maisonnée, le chien n'avait pas l'odeur d'Éric dans sa mémoire de bête dressée. Son père parlait du berger allemand pendant des heures, répandu dans le canapé, plus ou moins emmêlé avec la grosse Christiane qui n'éteignait jamais la télévision et disait que la bière n'était pas vraiment de l'alcool. Son père riait, on voyait ses dents gâtées, c'est rien la bière en degrés comme du sirop tu pourras le dire à tes copains d'école que ton père c'est le champion de la bière au mètre. À Fridières Éric se souvenait parfois de son père lourd et mou posé devant la télévision ; ou du père de la grosse Christiane qui venait le dimanche en vélomoteur, il appelait les jumeaux les cafés au lait et répétait que, heureusement, la Cricri avait mis beaucoup de lait dans le mélange, mais quand même, il insistait, ça se voyait, ça se verrait, et de plus en plus, de pire en pire, et ils étaient crépus les gars ils en avaient du poil serré sur la tête, tandis que lui, Éric, au moins. La grosse Christiane se détournait en soufflant et ne répondait rien à son père qui l'aidait un peu avec sa retraite de l'usine et apportait des salades ou des pommes de terre, des haricots verts, des carottes de son jardin dans une cagette de plastique remplie à ras bord et fixée avec des ficelles bleues sur le porte-bagages du vélomoteur. Éric disait à sa grand-mère que le père de la grosse Christiane l'aimait bien, lui faisait des compliments sur tout et voulait aussi lui donner la pièce en cachette pour qu'il achète des bonbons quand il serait rentré chez sa mère. Éric pensait au père de la grosse Christiane quand, à la fin de certains repas du dimanche, en bas plutôt qu'en haut, les oncles parlaient du jardin, des légumes et des arbres fruitiers. Ils avaient raconté que leur propre père avait planté le gros prunier de derrière quand ils avaient douze ou treize ans, son âge ; ils s'en souvenaient, et d'où venait le prunier, de chez une dame de Lugarde qui avait un vrai verger et à qui leur père avait rendu un service. Ils avaient grandi avec l'arbre ; pour finir, le prunier ne valait guère mieux qu'eux, ne donnait pas tous les ans et n'en faisait qu'à sa tête. Ils répétaient ça, l'air content, en avançant un peu le menton, presque comme s'ils allaient rire ; mais ils ne riaient pas.

Éric avait la passion de Lola. Le matin elle l'accompagnait au car. Elle dormait à l'étable et venait l'attendre à la porte de l'âne, posément assise sur son derrière, marquant l'imminence du départ d'un bref aboiement de gorge si Éric, peu coutumier du fait, se retardait de quelques minutes. Annette les regardait partir ; la chienne devançait d'un rien le garçon, le pas mesuré sans exubérance, alerte cependant et comme pénétrée du sentiment de son importance. Trotter sur le chemin au côté d'Éric qui se tenait très droit, son sac à dos énorme, bleu et raide, fermement arrimé aux épaules, surveiller la montée dans le car, retourner illico à la porte de l'âne, laquelle ne manquerait pas de s'ouvrir sur une assiette de soupe de pain trempé dans du lait tiède coupé d'eau déposée par Annette à l'intérieur sur le paillasson, laper la soupe avec minutie, en pleine conscience du devoir accompli, avant de redescendre à l'étable pour la fin de la traite, était le rituel des matins d'école qui s'était inventé de lui-même dès la rentrée. Pour Éric le monde avait été consolé par la grâce de Lola, menue et puissante. Ensuite, dans le car, les grands de troisième pourraient se moquer de ce nouveau au nom imprononçable et lancer de fortes paroles sur ces gens qui étaient presque des Belges et manquaient de tout là-haut dans leur pays de misère avec rien que des mines et des usines fermées ; les grands pourraient rire gras et japper dans les coins. Éric saurait rester assis à sa place, devant, au premier ou au deuxième rang, de préférence derrière le chauffeur, calé dans la chaleur de l'anorak, les yeux fermés sur ses images secrètes. Éric ne pleurerait pas, il attendrait que ça se calme, que les grands de troisième, au bout de deux ou trois mois, oublient, l'oublient, s'habituent à lui. Si les oncles et Nicole trouvèrent à redire d'être ainsi privés pendant un bref quart d'heure, chaque matin de classe, de l'aide de Lola, ils surent ne pas protester ouvertement. Nicole osa certes avancer, bougonne, que ce gosse allait finir, à force de courbettes et de gâteries, par détraquer la chienne, une capricieuse que les oncles bichonnaient déjà trop, se laissant gouverner par elle et la promenant en voiture comme une princesse. Nicole avait toujours eu le réveil rogue et les séances matutinales de soin aux petits veaux, dans l'étable ombreuse, étaient parfois prétextes à de lancinantes jérémiades dont Paul laissait s'écouler le filet aigre. Il ne répondait pas, le moins possible, voire pas du tout, il attendait ; il connaissait la tactique. Nicole userait sa rengaine du moment, en inventerait une autre, et ainsi de suite. Lola, comme avertie des humaines arguties, savait ne pas faillir quand on avait besoin d'elle et ne manquerait pas, revenue à son poste, d'arpenter, silencieuse et véloce, l'allée centrale de l'étable à la seule fin de signaler à tous, bêtes et gens, sa présence diligente. Le moment du retour d'Éric, à la fin de l'après-midi, quatre fois par semaine, était une fête minuscule, Lola jaillissant comme par magie sur le chemin dès l'ouverture de la porte du car, bourrant à plusieurs reprises sa tête fine et soyeuse dans les jambes du garçon, qui, aussitôt accroupi, et ce par tous les temps, empoignait la fourrure chaude au plus épais, au creux du cou, et récompensait par quelques borborygmes choisis l'exubérante et impeccable ponctualité de sa camarade. Le chemin du soir était dansant, Éric pressé, affairé, se trouvant à la fois précédé et suivi de Lola, qui se multipliait, non sans prendre soin d'annoncer à la maisonnée par une bordée de jappements aigus le retour de l'enfant merveilleux. Éric et Lola, dès les premiers jours passés à Fridières, assis sur le mur de la cour devant la maison, avaient inventé leur langue, idiome incongru cousu d'interjections opaques, gutturales, et de mélopées subreptices accompagnées de caresses mille fois réinventées. On les surprenait les deux, pliés, emboîtés, comme aplatis, immobiles, le museau de la chienne enserré dans les mains du garçon qui laissait reposer le bout de son menton sur le dessus de la tête velue, entre les oreilles, très exactement au milieu. Éric assurait que Lola avait des sortes de pensées, en était secouée ; elles circulaient dans son corps, il les sentait passer, lui, sous son poil et entre ses côtes, qu'elle avait fines et dures, à fleur de pelage. Mieux que quiconque Lola connaissait les gens de Fridières, un par un et par cœur. Il la savait méfiante à l'endroit de Nicole par qui elle avait dû être gratifiée de coups de pied féroces appliqués aux endroits les plus sensibles. Les oncles étaient en revanche conquis et installés au rang de fournisseurs agréés en savantes douceurs. Ils coupaient pour elle de petites bouchées de pain dans la croûte qu'ils ne mangeaient pas. Quoique nantis de dents admirables et peu enclins au gaspillage en quelque matière que ce fût, ils ne mangeaient que la mie ; ils beurraient l'intérieur de la croûte ou étalaient un peu de sauce, ou de pâté, ou de confiture, avec la pointe du couteau. Ils n'en laissaient jamais tomber sur la table ou par terre, ils étaient habiles. Lola, l'air de rien, posée, attendait ; elle regardait ailleurs. Quand ils faisaient claquer la lame de leur couteau, elle venait, s'asseyait sur son derrière, et ils donnaient les tartines ou les bouchées, une par une, tantôt l'un tantôt l'autre. Elle prenait son temps, jamais avide ; on aurait cru qu'elle mâchait, savourant, en amatrice éclairée. Les oncles se penchaient, tour à tour, tutoyant la chienne, elle était une gourmande et rien qu'une bourgeoise et elle avait la gueule fine et ce régime-là ne durerait pas éternellement de se faire servir et de les prendre pour des enfants de chœur. C'était la cérémonie du dimanche, quand on mangeait ensemble, en bas ou en haut. Nicole, renfrognée, ronchonnait, rouspétait qu'elle ne voulait pas voir ça, quand des gamins mouraient de faim à la télé, une chienne nourrie à coups de tartines, et par deux vieux encore, qui retombaient en enfance, on n'avait pas idée c'était impossible. Dans le bois de la montagne Éric et Lola avaient trouvé un coin pour eux, par hasard, pendant le deuxième printemps. Au début Éric n'allait pas dans les bois ; ensuite il avait appris, de la fenêtre du milieu de la grande pièce qui était son poste de vigie, à deviner les chemins dans le serré des ramures ou entre deux parcelles. Il annonçait, on part, on savait que c'était avec Lola, on va au bois de Combes, sur le plateau de Bagil, ou à la rivière ; il s'agissait d'indiquer une direction pour qu'Annette ne s'inquiète pas. Ils partaient en milieu de matinée et reviendraient à l'heure du repas. La chienne ne manquerait à personne pour le travail. Éric avait compris que le travail commandait tout à Fridières, Lola avait sa place dans l'édifice et la tenait à la perfection, d'où les égards multiples qui lui étaient prodigués. Lola ne faillirait pas, on n'aurait rien à lui reprocher du fait d'Éric ; et chacun d'entériner, bon gré mal gré, l'alliance indéfectible qui s'était nouée, sous les yeux de tous, dès que l'enfant étranger avait fait irruption. Dans leur coin du bois Éric et Lola restaient cachés. La chienne, parfois, s'endormait, tout son corps vif et menu enfoncé dans la confiance tiède du sommeil. Éric, alors, grimpait dans le hêtre charnu qui marquait l'entrée de leur clairière suspendue à mi-côte. Il aimait reconnaître les sentiers, la maison de Fridières, les fenêtres ouvertes ou fermées, les hangars de Paul, les maisons du hameau égrenées sur la pente, le chien attaché des Duval, les prés des uns et des autres, le tracteur de Paul, celui du Jaladis, les moutons, les vaches, les oncles dans le jardin, ou sa mère, ou Nicole dans la cour, qui s'affairait devant les cages des lapins, ou encore le pas lent et régulier de Paul et la Dyane garée à sa place. Il savait tout. Quand Lola se réveillait, elle le cherchait un instant, comprenait aussitôt et grattait contre le tronc, dressée de toute sa hauteur sur ses pattes arrière, à la fois impérieuse et suppliante. Elle aboyait presque, on eût dit qu'elle pleurait. Éric descendait. Elle s'écartait, oreilles dardées échine tendue, ne voulait plus lui parler pendant trois minutes, offensée, outrée. Ensuite elle oubliait, il la serrait elle pardonnait.

Nicole était la gardienne de Fridières, la grande prêtresse de cette religion du pays, ramassé sur lui-même, clos et voué à le rester autant par les fatalités de sa géographie et de son climat que par les rugueuses inclinations de ses habitants. On finirait au mieux par être toléré à Fridières, on n'y serait pas accueilli, en dépit de Paul et de tout son bon vouloir d'homme pacifique et résolu. Nicole éructait sa loi plus qu'elle ne l'énonçait, la bougonnant vaguement dans le dos des intéressés ; son magistère n'était pas frontal, mais elle ne lâchait pas, ne cédait rien. Elle répétait en secouant sa frange de cheveux acajou que Fridières était le point culminant habité de la commune ; une sorte de toit du monde ou d'Himalaya avait commenté Éric un dimanche soir après une fin de repas où Nicole, émoustillée par deux ou trois verres de vin, s'était répandue en de torrentielles envolées sur le caractère unique, merveilleux, et conservatoire, de Fridières que sa position isolée protégeait, et ce pour toujours, pensait-elle, espérait-elle, des hordes d'étrangers plus ou moins colorés ou basanés écrasés de misère chez eux et avides de déferler sur les côtes, les villes, les plaines françaises, en pays bas et ouverts, à la seule fin de profiter sur le dos de gens qui travaillaient, eux, depuis des générations, et ne pondaient pas, eux, des enfants à la dizaine, pour vivre des allocations et engraisser les assistantes sociales. Elle se déversait, comme accablée, immobile, les coudes plantés sur la toile cirée, le menton calé dans les mains qu'elle avait massives, les mains de Paul avait pensé Annette qui, à aucun prix, n'eût tenté d'endiguer le flot. Paul n'y songeait pas davantage, résigné et quasiment goguenard, tandis que les oncles, repus et indifférents, somnolaient de concert, campés en augustes vieillards dans leur abyssal détachement des choses du siècle dont s'affligeait en vain leur nièce coriace. Les paroles dures, comme vomies, s'étalaient, gagnaient, prenaient possession de la grande salle du bas qui était l'épicentre du séisme de Nicole, le nombril de son monde, le refuge familier propice à l'exercice sans partage d'un pouvoir partout ailleurs inopérant. Les gens ne voulaient pas se rendre compte, il suffisait pourtant d'ouvrir les yeux deux secondes pour s'en apercevoir, on était cerné envahi dévasté. À force de se mélanger dans les villes avec n'importe qui et n'importe comment, à tort et à travers, les Français devenaient tous des dégénérés, des corniauds, il en allait des gens comme des bêtes ; et de couler un regard suspicieux vers Lola qui, réputée stérile, n'avait jusqu'alors pas porté fruit malgré les visibles assiduités des mâles du voisinage. Nicole renchérissait ; elle n'avait rien contre les Chinois, des travailleurs ceux-là qui finiraient par nous coloniser complètement et on n'aurait plus notre mot à dire ; avec les Noirs, ça devenait déjà plus grave ; mais le pire c'étaient les gris, elle disait les gris pour les Arabes, et le mot feulé plus que prononcé semblait lui écorcher l'intérieur de la bouche ; d'ailleurs, elle le précisait, elle n'en avait vu qu'une poignée dans sa vie, en vrai, à Aurillac ; et pour rien au monde elle ne voudrait de ça à Fridières. Elle répétait à Fridières chez moi chez nous, le visage enfoncé dans les mains, terrifiée. Le soir, rendus au calme de leur étage américain, Annette et Paul avaient entendu Éric leur demander si lui, avec son nom polonais, faisait partie de ce nous, même si les Polonais étaient blancs, ne voilaient pas leurs femmes, mangeaient du cochon et buvaient de l'alcool, on disait bien saoul comme un Polonais ; à Fridières, Saint-Amandin ou Condat on le disait. Paul n'avait su que rire, à petit bruit, moquant sa sœur, qu'un rien de vin mettait hors d'elle-même, qui ne tenait pas sa langue mais n'était pas méchante. Annette, silencieuse, mesurait à quel point Éric avait grandi et portait sur eux tous, sur elle aussi, un regard affûté, se taisant le plus souvent, mais assenant parfois de brèves considérations d'une lucidité corrosive. Les lapins de Nicole lui étaient ainsi un constant sujet d'étonnement, voire d'indignation, la vie de ces bêtes tournant selon lui à l'enfer, enfermées qu'elles étaient à vie dans des cages trop petites, contraintes de sautiller sans fin sur leur tas de crottes sèches en attendant que Nicole vienne leur donner pitance et qu'un jour elle les tue ; en plus on ne mangeait jamais de lapin en bas, elle les vendait tous, et elle les aurait vendus plus cher s'ils avaient été mieux nourris et soignés. Nicole faisait en effet commerce de ses lapins tués et préparés ; en cas de commande elle s'affairait dans la cour devant les cages ; ses gestes étaient immuables ; l'impétrant plus ou moins convulsif, brandi par les pattes arrière, était assommé d'une poigne ferme et prompte et se voyait ensuite privé d'un œil, le gauche toujours, avait précisé Nicole la première fois, tandis qu'Éric, tétanisé, le corps verrouillé, assistait à l'assassine opération, flanqué d'une Lola frétillante, avide, rendue crûment à sa condition animale. Pourquoi le gauche, on ne le saurait pas, pur caprice nicolien. Éric n'avait rien demandé, comprenant que le spectacle usuel lui était cette fois destiné à titre d'épreuve et qu'il devait tenir ne pas pleurer ne pas s'enfuir. Bien plus tard il avait raconté aussi que Nicole lui avait interdit de donner des pissenlits aux lapins ; d'abord comment être sûr qu'il avait bien choisi des pissenlits et pas autre chose, il venait de la ville et du Nord et les pissenlits c'était comme tout il fallait s'y connaître quand même un peu, les lapins étaient des bêtes fragiles et routinières, elles n'aimaient que la nourriture dont elles avaient l'habitude, les croquettes spéciales ou le foin bien sec. Paul et Annette avaient beaucoup ri quand Éric s'était lancé dans le chapitre crucial de la reproduction. À deux ou trois reprises, pendant les premiers mois, absorbé dans la contemplation muette et immobile de ces bêtes déclarées inaccessibles, il avait été gourmandé par une Nicole chiffonnée ; à se planter comme ça devant eux pour les regarder, il allait gêner les affaires, ils sentiraient une présence étrangère et seraient dérangés, et qui en pâtirait ensuite quand il manquerait des jeunes, elle Nicole. Comme si les lapins allaient se retenir, concluait Éric dont on sentait cependant combien il avait été, sans rien en dire, tourmenté par Nicole et par elle instruit, à propos de tout et de rien, de son irréductible condition d'indésirable. On connut aussi l'épisode des champignons. Quand Éric s'était mis à battre les bois avec Lola, Paul avait suggéré que les oncles lui montrent, pour les champignons. Ils savaient les coins, les variétés, les saisons ; Paul, lui, n'avait ni la patience ni le temps, il mélangeait tout et ne ramassait que les rosés qu'il trouvait en allant préparer la part des vaches quand elles mangeaient le pré du bas au bord de la rivière. Les oncles, les deux, avaient eu une sorte de sourire pour dire qu'ils le feraient et leur tête avait tourné en même temps sur leur cou raide. Éric sentait, et l'avait dit à sa mère, qu'au fond d'eux ils ne voulaient pas lui apprendre, ni ça ni rien d'autre. D'autant plus que Nicole répétait à l'envi que jamais elle ne cuisinerait de champignons, même si le pape en personne les lui apportait à Fridières sur un plateau d'argent, le pape ou Irène, la pharmacienne de Riom, qui était à l'école avec elle et avait étudié ça à Clermont, les champignons, pour ses diplômes de pharmacie. Éric ne voyait pas du tout le rapport entre le pape et la pharmacienne de Riom, mais avec Nicole, qu'il appelait la Rouge à cause de sa frange incendiaire, il ne fallait pas chercher à comprendre ; on devait seulement se méfier et de tous les côtés en même temps parce qu'elle avait parfois l'air presque gentille. On ne savait jamais comment ni quand la mauvaise parole viendrait. Comme le jour où Paul avait montré à Éric comment ranger le bois en pile contre le mur de la cour ; Éric s'appliquait, ça l'avait rendue folle, elle avait crié on a pas attendu ce gamin pour empiler le bois à Fridières qu'est-ce que t'as eu besoin de lui demander ça et s'il se fait mal. Paul n'avait pas répondu dans la cour, il était entré derrière elle dans la maison et avait fermé la porte. Éric avait touché la tête chaude de Lola ; il n'était pas un mendiant ; il avait fini le bois, comme Paul le lui avait montré, en croisant les bûches pour que ça tienne.

L'étable était un étrange territoire. Instruite par sa cuisante initiation, Annette s'y aventurait peu, consciente de n'avoir rien à y faire et de s'y montrer sous son pire jour, celui d'une créature parasitaire dont le maintien dans la place ne reposait que sur le mâle caprice de Paul, le frère, le neveu. L'étable annihilait les corps étrangers ; la comparaison ne s'y soutenait pas avec Nicole et les oncles, stupéfiant trio de génies autochtones qui semblaient trouver dans ce boyau parcouru de remuements tièdes et de robustes odeurs un lieu à leur juste mesure. Souverains et imperturbables, ils glissaient, se mouvaient, apparaissaient, disparaissaient, chaussés de bottes rousses, gainés de combinaisons, recueillis dans l'accomplissement de l'ancestrale mission, le soin des bêtes. Le soin des bêtes ne souffrait aucun délai ; rien, jamais, ne devait faire obstacle au rituel dont les horaires étaient implacables et les phases successives consacrées par l'usage. Les bêtes impavides se montraient promptes à réclamer leur dû et sûres de leur droit à être comblées de mille attentions. Tous, Paul y compris, communiaient dans le culte familial ; à Fridières, ça se disait dans le pays, les bêtes étaient traitées comme nulle part ailleurs, et même, on le laissait entendre à mots couverts, mieux que les gens. Dans la pénombre de l'étable la frange rouge de Nicole luisait sombrement et semblait une émanation humaine des robes suaves, bouclées par places, cuivrées et chatoyantes qu'arboraient en majesté les Salers du troupeau. Acajou, c'était la nuance, précisait Nicole qui n'hésitait pas à revendiquer ce mimétisme capillaire. Tous, les quatre, parlaient entre eux des bêtes comme ils l'eussent fait de personnes ; les bêtes étaient tour à tour détraquées par l'orage, tracassées par les moustiques, bousculées par le passage à l'heure d'été ou à l'heure d'hiver, effarées par les mugissements insistants de la nouvelle machine à traire, incommodées, en cas de printemps ou d'arrière-saison trop pluvieux, par le mauvais état des chemins boueux qu'elles suivaient, s'égrenant posément au sortir de l'étable pour aller au pré. Rien ne pouvait égaler en infamie le dérangement causé par la présence dans l'étable à l'heure de la traite des techniciens chargés des investigations préconisées par la direction départementale des services vétérinaires. Paul, pour d'obscurs prétextes connus de lui seul, changeait-il de fournisseur de luzerne, friandise suprême destinée à rompre la fâcheuse monotonie du régime alimentaire de ces dames, que se tenaient aussitôt, entre Nicole et les oncles, des conciliabules rageurs ; les bêtes ne s'y retrouvaient pas, on les sentait dubitatives, elles manquaient d'entrain, on les soupçonnait de frôler la dépression, ou la mutinerie. Les oncles plaidaient leur cause, les bêtes étaient comme ça elles aimaient leur routine et craignaient tout changement, si mince fût-il. C'était mieux avant eût été l'adage favori des bêtes si elles avaient eu le don de parole. D'ailleurs, les oncles l'assuraient, certaines d'entre elles, plus futées ou plus hardies, comme il arrive pour les êtres humains, se faisaient parfaitement comprendre. C'était une question de temps, mais les gens, les jeunes surtout, étaient toujours trop pressés ; et c'était aussi une question de façon. Il fallait avoir bonne façon, on ne parlait pas de don mais de façon, bonne ou mauvaise, on l'avait ou on ne l'avait pas ; ça se voyait très vite, dès l'enfance, et ça ne s'apprenait pas, c'était irrémédiable. Nicole, bien que femme, était élue entre tous, à l'égal des oncles eux-mêmes, tandis que Paul se montrerait à jamais piètre, emprunté, trop ferme ou trop impatient, même s'il s'était calmé en vieillissant. Le cas d'Éric laissa perplexe le docte aréopage. Le fils de l'étrangère avait été stupéfiant avec Lola, curieux sujet doué à l'excès mais ombrageux et changeant. Ce qui relevait à l'évidence du coup de foudre s'imposa aux oncles, lesquels s'inclinèrent en maugréant plus ou moins, beaux joueurs dès lors qu'il ne s'agissait, tout de même, que d'un chien, et pas d'une vraie bête, c'est-à-dire d'une vache laitière de race Salers. Éric, longtemps, garda ses distances avec l'étable dont l'écartait, plus que tout, l'omnipotence de Nicole qu'il craignait d'offusquer par le désordre infime que sa présence n'aurait pas manqué d'introduire dans le comportement de Lola. Un soir du deuxième hiver, cependant, Paul remarqua, en feuilletant le cahier d'histoire du garçon, l'écriture très soignée, ronde souple et opulente qu'Éric n'hésitait pas à déployer dès lors qu'il s'agissait de recopier une leçon ou un texte sur le moindre bout de papier quadrillé. La patte de mouche illisible, l'innommable gribouillis étant l'apanage des quatre indigènes de Fridières, Paul s'extasia et manqua de vexer Éric en lui assurant, avec la plus parfaite candeur, que pareille écriture était de son temps le privilège des filles. Dans ses souvenirs, seules certaines excellentes élèves se montraient capables de prouesses similaires, soucieuses qu'elles étaient de ces détails qui, pour lui, relevaient d'une sorte de prédilection féminine pour le rangé, le propre, le joli. Et de suggérer aussitôt à Éric de mettre ce talent jusqu'alors méconnu au service des bêtes ; chacune avait un prénom, prénom de femme de fleur de ville de pays de chanson de princesse ou d'oiseau, Paquita, Marseille, Marguerite, Romane, Blanche Neige,

Tigresse, Ophélie ou Hirondelle, certaines jeunesses prometteuses héritant à l'occasion du prénom d'une mère ou d'une grand-mère notoire. Une étable tenue se devait de présenter au-dessus de la crèche occupée par telle ou telle bête le prénom de la titulaire du poste dûment calligraphié à la craie sur une ardoise d'écolier fixée à la poutre. La tradition l'exigeait et les oncles ne transigeaient pas, Paul leur ayant toujours concédé ce point d'honneur et s'étant lui-même laissé prendre au jeu. Les ardoises de Fridières, toutefois, avaient piètre allure ; on y déchiffrait à grand-peine d'incertains jambages et c'était là une faiblesse anodine certes, mais flagrante, à laquelle le clan n'avait jamais su remédier avec efficacité, n'étant pas porté sur les écritures. Éric consentit volontiers, il s'appliqua, centrant les lettres au plus juste et soignant les majuscules initiales qu'il aimait à la fois amples et limpides. Il reprit, effaça, corrigea tour à tour Coriandre, Merlette, Mégane ou Montana, et, dès la deuxième fournée de cinq ardoises, suivit Paul à l'étable pour juger avec lui de l'effet produit, en contraste patent avec le médiocre état ancien. Tout à son affaire et sans plus se soucier des oncles ou de Nicole qui coulaient des regards en coin, il se glissa entre les bêtes, négligeant leurs mouvements erratiques, et sut remettre en place, juché sur le rebord rond et lisse des crèches, telle ou telle pancarte, décrocha telle autre, en redressa une troisième, sûr dans ses gestes, efficace et silencieux, le tout sans susciter chez les vaches sacrées la moindre émotion particulière, comme s'il avait depuis toujours fait partie de la maison à l'égal des quatre desservants usuels du culte majeur. Paul, sans y songer, avait accompli là une sorte de révolution domestique, un minuscule coup d'État ; ce garçon importé, pas voulu, contingent, avait à l'évidence, les bêtes l'ayant adoubé, très bonne façon ; c'était éclatant et indiscutable au point que nul ne songea à en discuter. Pas plus que l'on ne s'étonna, autour de la table, un dimanche où l'on déjeunait en haut, d'entendre le même raconter en termes choisis qu'il s'était chargé en classe d'un exposé sur la traçabilité des produits agricoles. Quoique maugréant d'abondance sur ce gros mot-là, tout droit sorti du royaume menaçant de Bruxelles, avec les primes les normes les quotas et autres raffinements européens, les oncles et Nicole en restèrent cois. On changea de sujet, mais les quatre de Fridières surent alors qu'Éric, en d'autres temps et d'autres conditions, eût probablement fait, entre vocation et atavisme, un solide paysan.

Un dimanche soir, après le repas, c'était à la fin de juin, on avait mangé les premières fraises, pâles moelleuses et grenues, onctueuses et têtues en bouche, Éric avait parlé de sa grand-mère. Il avait tout lâché d'un trait à Paul et Annette qui se taisaient pendant que les phrases roulaient sur la table pas encore desservie, des phrases longues qui épuisaient le souffle et ne voulaient pas finir. À Condat sa grand-mère serait bien, elle aurait tout comme à Bailleul, les commerces pour la nourriture la Poste pour son compte le médecin la pharmacie. On trouverait un appartement bien chauffé qui coûterait peut-être même moins cher que dans le Nord parce que le Cantal c'était la vraie campagne et à la campagne les loyers sont moins chers qu'en ville. Sa grand-mère se suffirait pour tout comme elle avait toujours fait. À midi, sauf le mercredi, il irait manger avec elle, tant qu'il serait au collège, en quatrième et en troisième, deux ans encore, ça aiderait sa grand-mère à s'habituer de le voir comme ça souvent même un peu en vitesse. Elle serait en famille. De toute façon à Bailleul, elle n'allait pas chez les gens, elle n'invitait pas et n'était pas invitée. Alors ça serait pareil. Sauf qu'elle serait avec eux. Il appuyait. Elle n'avait qu'eux, sa mère et lui. Pourquoi rester séparés aux deux bouts de la France, et se voir deux fois par an, et manquer tout le reste du temps. Elle aurait juste à descendre ses affaires et ses meubles. Il connaissait la liste par cœur. En comptant bien tout et tout, même les deux grands canevas et la machine à coudre ancienne, ça tiendrait à l'aise dans un petit camion de déménagement loué à Clermont. Paul conduirait, Mamie aurait préparé les cartons, on ferait l'aller et retour en deux jours, en août par exemple, ou au plus tard avant la Toussaint avant l'hiver. Parce que, l'hiver, en plus, quand il y aurait trop de neige, il resterait en bas, il coucherait chez elle, il dormirait dans le canapé. Il s'était tu sur ce mot, canapé ; il avait rassemblé et poussé devant lui, en suivant le quadrillage de la toile cirée, un petit tas de miettes. Lola s'était approchée et tenue derrière lui, dressée, comme en alerte. Il ne regardait personne. On avait entendu le générique de la météo qui montait à travers le plancher. Paul s'était levé pour remplir la carafe à l'évier. Le dos tourné, penché sur le robinet, il avait dit que c'était à elle, la grand-mère, de décider si elle voulait changer de vie comme ça à son âge. Annette regardait Éric, sa tête penchée sa nuque claire. Il lui avait paru soudain tout ramassé en lui-même, et stupéfait de s'être ainsi montré, avancé en terrain nu et neuf. Il fallait lui dire quelque chose, exhumer des paroles qu'elle sentait collées tout au fond d'elle, enkystées. Elle aurait pu pleurer, et laisser crever là le bubon des peines anciennes. Elle ne le ferait pas. Elle comprenait qu'Éric ne lui en voulait pas, pas encore, de les avoir ainsi séparés, eux les trois qui se tenaient chaud à Bailleul, entre les deux appartements, l'école et la poignée de rues vides qui étaient le monde. Mais Éric avait grandi ; quelque chose en lui s'était élargi. Il ne serait peut-être pas comme elle privé de parole, incapable de dire au bon moment, et de se faire comprendre, au plus près au plus serré ; il ne serait peut-être pas tout à fait incapable de vouloir, de saisir, d'attraper le pompon pour gagner un tour de manège supplémentaire. Elle avait secoué la tête et s'était levée pour chasser cette image brusquement surgie d'Éric enfant, à trois ou quatre ans, agrippé à une moto jaune, effaré et presque en larmes, yeux soudain immenses bouche tremblante, devant la bestiole de peluche que la dame du manège agitait à sa portée parce qu'il était le plus petit, et si sérieux et si fervent. Paul était resté debout, adossé au placard entre les deux fenêtres. Annette devait répondre, maintenant. Penchée, presque lente, elle avait empilé les assiettes. Paul n'avait d'abord pas reconnu sa voix ; ensuite il avait pensé aux premières paroles dites à Nevers à la descente du train sur le quai et au buffet de la gare. La voix d'Annette venait de loin, remontait, s'arrachait aux steppes du silence. C'était difficile, il le comprenait, encore une fois, à la voir campée là devant son fils, les trois assiettes serrées contre elle. Elle parlerait à sa mère, c'était à elle de le faire pas à Éric ; mais elle ne savait pas du tout ce que sa mère qui avait toutes ses habitudes là-haut voudrait, préférerait ; son père, le grand-père qu'Éric n'avait pas connu, était enterré à Bailleul, ça comptait. Éric, assis à table, regardait sa mère, la main droite posée sur la tête de Lola qui le flanquait désormais collée à sa chaise. Dans le silence revenu, il avait dit bonne nuit de la voix d'enfance qui était encore la sienne et avait ajouté, un ton plus bas, que ça serait bien de faire vite parce qu'il n'avait plus que deux ans à passer au collège, ensuite il irait en pension au lycée, à Mauriac ou à Aurillac, et ne reviendrait que le vendredi soir, et ça serait trop tard pour aider sa grand-mère à s'habituer si elle venait. Dans son lit Éric avait tout repassé. Il pensait n'avoir rien oublié de ce qu'il avait préparé, ruminé, de soliloques en tirades muettes sous le regard doré d'une Lola qui semblait à deux doigts de lui donner la réplique. Évidemment il y avait ce grand-père mort avant sa naissance ; on en parlait peu, on allait sur la tombe à la Toussaint, mais, comme il n'avait pas suivi le catéchisme, il ne comprenait pas tout. Il voulait bien s'appliquer, faire le signe de croix avec la bonne main, dans le bon sens, et attendre que ce soit fini. Ce grand-père s'appelait Aurélien comme un garçon qu'il avait eu dans sa classe au CP et que sa mère et Mamie aimaient beaucoup parce qu'elles prétendaient, et toute l'école avec elles, qu'il était le parfait sosie du prince William d'Angleterre. Il avait calculé que ce grand-père au prénom d'enfant était mort à cinquante-neuf ans ; Mamie disait que c'était jeune, et qu'il avait trop souffert pendant sa maladie, à la fin surtout les dernières semaines ; sa voix s'enfonçait dans sa gorge elle se taisait. Comment se renseigner pour savoir si on pouvait déménager les morts enterrés depuis longtemps et si c'était cher. Il y avait aussi Nicole la Rouge. Il préférait ne pas en parler devant Paul, mais elle n'avait pas fini d'en faire des commentaires, en piquant du menton comme les poules avec leur bec quand elles boivent. Il la voyait, il l'entendait, et de deux et de trois maintenant qui envahissent tout en smalah du Nord pour vivre sur le dos de son frère. Sa grand-mère ne vivrait sur le dos de personne, elle avait sa retraite de l'usine et réussissait encore à économiser pour lui. Mais la Rouge avait la méchanceté dans le corps. Éric ne s'endormait pas, tout étranglé de mots durs, et des mines des oncles, de leurs faces glabres tournées vers sa grand-mère, les trois ou quatre fois où l'on avait mangé ensemble quand elle était venue ; ils mâchaient avec componction les nourritures et la regardaient, de toute leur peau, comme si elle avait été noire, ou géante.

À Nevers, la deuxième fois, Annette et Paul avaient apporté des photos. Ils avaient eu l'idée le premier jour, en novembre. Ils ne savaient plus qui l'avait pensé et proposé d'abord. Ils avaient été du même avis ; ça aiderait pour raconter pour faire comprendre ; ils n'étaient pas seuls dans cette affaire, ils n'étaient pas neufs ; l'enfant la mère la sœur les oncles, on les imaginerait mieux, chacun de son côté, avant de les connaître en vrai. Ensuite Annette regretta. Comment choisir. Demander à sa mère une photo d'elle, petite, avec ses parents, pour que Paul les voie quand ils étaient jeunes. Qu'il se rende compte. Sa mère ne poserait pas de questions mais elle se douterait peut-être ; et Annette ne voulait pas lui parler avant le deuxième rendez-vous. Elle voulait garder sa mère à l'écart de tout ça, pour qu'elle ne se fasse pas de souci, pour qu'elle ne les suppose pas, déjà, partis loin les deux, pour qu'elle ne pense pas encore à la séparation, à ce chagrin que ça serait. Même si, elle le savait, sa mère n'aurait aucune objection, confirmant ainsi à sa muette façon et pour l'amour d'Éric la nécessité de l'arrachement. Annette cher-cha les photos chez elle, dans ses deux albums. Elle avait commencé le premier au moment du voyage scolaire à Paris, à la fin de la troisième, et continué ensuite. On faisait peu de photos, un album durait longtemps. Le second était celui de la naissance d'Éric. Plusieurs fois, en décembre, le soir, tard, elle s'était efforcée, avait essayé, tenté. Sortir l'album du tiroir du meuble, sous la télé, était déjà difficile. Elle ne pouvait pas le faire en plein jour, dans la lumière avare de décembre. Elle attendait le soir, le sommeil sûr d'Éric, le rond de la suspension à la cuisine et la sourdine lénifiante de la télévision. Elle conservait aussi dans une grande enveloppe cartonnée les photos montrables, celles qu'Éric aimait regarder parfois, quand il était plus petit, et qu'elle avait extraites de l'album au moment où Didier avait fait sa

148

deuxième cure et les cinq mois de prison, la première fois. L'assistante sociale disait qu'il fallait parler de son père au petit, à quatre ans avec des photos il se souviendrait mieux il l'attendrait et le retrouverait plus facilement au retour ; il faudrait aussi que le père voie des photos, un enfant de cet âge ça change si vite ; Éric pourrait dessiner, pour son papa qui garderait les dessins avec lui dans la maison où on le soignait pour sa maladie. Dans l'enveloppe Annette retrouvait le relent de mensonge, le goût de fer de ces années-là, une boule dure montait dans sa gorge. Il faudrait jeter. Si. Si on partait. Elle jetterait. Avait-elle le droit de jeter les dessins qui n'avaient pas été envoyés, trois ou quatre, pliés là ensemble dans l'enveloppe, des bonshommes maigres des ballons une maison une tête à lunettes avec des cheveux jaunes. Plus tard Éric aimerait peut-être avoir ça avec lui. Comment faire. Comment décider. Dans le blanc de la suspension, les mains noyées, plusieurs fois, Annette avait repoussé papiers et photos, renoncé, rangé l'enveloppe sous les deux albums dans le tiroir, avant de chercher longuement un sommeil difficile traversé de visages inconnus. Le 2 janvier, après avoir arrêté avec Paul, au téléphone, la date pour Nevers, elle avait su. D'Éric elle ne montrerait que les petites photos de l'école qu'elle gardait toujours sur elle ; la grande section, le CP, le CE1, le CE2 et la suite ; six en tout, étalées, en panorama classé, dans le portefeuille marron qui lui venait de son père. Éric grandissait là, à plat, sagement coiffé chaudement vêtu, ses joues d'enfance creusées de fossettes timides. Ce serait bien pour parler d'Éric, dont on avait à peu près rien dit en novembre, comme si l'enfant, qui était au fond la cause cachée, enfouie, ne pouvait en aucun cas devenir l'obstacle, le problème, la possible pierre d'achoppement. Dans les albums, ce 2 janvier, elle avait trouvé, pour elle ; la maison, avec son père sa mère et la voiture, en 1985, un dimanche, sans doute, fin avril, ou en mai, les lilas des voisins étaient en fleur, et on partait à la mer pour la journée avec le pique-nique, les chaises basses, le parasol vert et les mots croisés. La deuxième photo, justement, ce serait la mer. Paul avait dit qu'il ne l'avait vue qu'une fois, en voyage avec l'école. On irait peut-être quand il viendrait à Bailleul, il faudrait bien qu'il vienne, au moins pour emporter les affaires ; si. Sur la photo, Annette, dix-sept ans, avec sa mère. C'est le père qui prend la photo. Il disait de ne pas s'occuper de lui, la mère s'impatientait pour rire, le crayon en l'air, lui demandait ce qu'il fabriquait dans leur dos, il leur criait enfin de le regarder, comme en état de surprise et d'urgence. Mêmes sourires blonds, cheveux plaqués en arrière, maillots échancrés dans le dos, genoux blancs pointés contre la plage et la mer immenses, mêlées de couleurs pâles que le temps avait avalées. Paul, tournant et retournant les photos dans ses mains larges, avait dit qu'elles se ressemblaient beaucoup sa mère et elle, et que le petit tenait peut-être un peu de son grand-père, le front, les yeux. Sur sa photo de communion Paul, placide, portait une aube ceinturée d'une mince cordelette d'où dépassaient ses poignets déjà forts et des pieds robustes chaussés de souliers rutilants dont il gardait, trente-cinq plus tard, un cuisant souvenir. Annette avait souri, et lui aussi, du sérieux affiché par l'efflanqué de vingt ans fièrement juché sur le premier tracteur à cabine de l'exploitation, dont les oncles n'avaient concédé l'achat qu'au terme d'orageuses négociations. Torse nu, le visage dévoré de boucles sombres, il faisait corps avec la machine rouge qui marquait sa première victoire et le début du commencement de la longue prise du pouvoir. Il avait expliqué quelque chose comme ça avec d'autres mots qu'Annette avait d'autant mieux compris qu'il avait ensuite posé sur la table du café une troisième et dernière photo. Nicole, glorieuse, le jour de son permis de conduire, face ronde fendue d'un sourire féroce, y brandissait le papier rose, encadrée par les oncles coiffés de casquettes plates, en bottes hautes, campés devant la porte de l'étable, fichés en sentinelles dans la pierre grenue, grise et rugueuse à l'œil, fondus en elle, émanés du bâtiment, crachés par lui, et voués à sa garde vigilante pour les siècles des siècles.

DU MÊME AUTEUR

Aux Éditions Buchet-Chastel

LE SOIR DU CHIEN, 2001

LITURGIE, 2002

SUR LA PHOTO, 2003

MO, 2005

ORGANES, 2006

LES DERNIERS INDIENS, 2008 (Folio n° 4945)

L'ANNONCE, 2009 (Folio n° 5222)

LES PAYS, 2012

ALBUM, 2012

Chez d'autres éditeurs

MA CRÉATURE IS WONDERFUL, *Filigranes*, 2004. Avec Bernard Molins

LA MAISON SANTOIRE, *Bleu autour*, 2007

L'AIR DU TEMPS, *Husson*, 2007. Avec Béatrice Ropers

GORDANA, *Le chemin de fer*, 2012. Avec Nihâl Martli

COLLECTION FOLIO

Dernières parutions

5466. Jack Kerouac — *Sur les origines d'une généra-tion* suivi de *Le dernier mot*

5467. Liu Xinwu — *La Cendrillon du canal* suivi de *Poisson à face humaine*

5468. Patrick Pécherot — *Petit éloge des coins de rue*

5469. George Sand — *Le château de Pictordu*

5470. Montaigne — *Sur l'oisiveté* et autres Essais en français moderne

5471. Martin Winckler — *Petit éloge des séries télé*

5472. Rétif de La Bretonne — *La Dernière aventure d'un homme de quarante-cinq ans*

5473. Pierre Assouline — *Vies de Job*

5474. Antoine Audouard — *Le rendez-vous de Saigon*

5475. Tonino Benacquista — *Homo erectus*

5476. René Fregni — *La fiancée des corbeaux*

5477. Shilpi Somaya Gowda — *La fille secrète*

5478. Roger Grenier — *Le palais des livres*

5479. Angela Huth — *Souviens-toi de Hallows Farm*

5480. Ian McEwan — *Solaire*

5481. Orhan Pamuk — *Le musée de l'Innocence*

5482. Georges Perec — *Les mots croisés*

5483. Patrick Pécherot — *L'homme à la carabine. Esquisse*

5484. Fernando Pessoa — *L'affaire Vargas*

5485. Philippe Sollers — *Trésor d'Amour*

5487. Charles Dickens — *Contes de Noël*

5488. Christian Bobin — *Un assassin blanc comme neige*

5490. Philippe Djian — *Vengeances*

5491. Erri De Luca — *En haut à gauche*

5492. Nicolas Fargues — *Tu verras*

5493. Romain Gary — *Gros-Câlin*

5494. Jens Christian Grøndahl — *Quatre jours en mars*

5495. Jack Kerouac — *Vanité de Duluoz. Une éducation aventureuse 1939-1946*

5496. Atiq Rahimi — *Maudit soit Dostoïevski*

5497. Jean Rouaud — *Comment gagner sa vie honnêtement. La vie poétique, I*

5498. Michel Schneider — *Bleu passé*

5499. Michel Schneider — *Comme une ombre*

5500. Jorge Semprun — *L'évanouissement*

5501. Virginia Woolf — *La Chambre de Jacob*

5502. Tardi-Pennac — *La débauche*

5503. Kris et Étienne Davodeau — *Un homme est mort*

5504. Pierre Dragon et Frederik Peeters — *R G Intégrale*

5505. Erri De Luca — *Le poids du papillon*

5506. René Belleto — *Hors la loi*

5507. Roberto Calasso — *K.*

5508. Yannik Haenel — *Le sens du calme*

5509. Wang Meng — *Contes et libelles*

5510. Julian Barnes — *Pulsations*

5511. François Bizot — *Le silence du bourreau*

5512. John Cheever — *L'homme de ses rêves*

5513. David Foenkinos — *Les souvenirs*

5514. Philippe Forest — *Toute la nuit*

5515. Éric Fottorino — *Le dos crawlé*

5516. Hubert Haddad — *Opium Poppy*

5517. Maurice Leblanc — *L'Aiguille creuse*

5518. Mathieu Lindon — *Ce qu'aimer veut dire*

5519. Mathieu Lindon — *En enfance*

5520. Akira Mizubayashi — *Une langue venue d'ailleurs*

5521. Jón Kalman Stefánsson — *La tristesse des anges*

5522. Homère — *Iliade*

5523. E.M. Cioran — *Pensées étranglées précédé du Mauvais démiurge*

5524. Dôgen — *Corps et esprit. La Voie du zen*

5525. Maître Eckhart — *L'amour est fort comme la mort et autres textes*

5526. Jacques Ellul « *Je suis sincère avec moi-même* » et autres lieux communs

5527. Liu An *Du monde des hommes. De l'art de vivre parmi ses semblables.*

5528. Sénèque *De la providence* suivi de *Lettres à Lucilius (lettres 71 à 74)*

5529. Saâdi *Le Jardin des Fruits. Histoires édifiantes et spirituelles*

5530. Tchouang-tseu *Joie suprême* et autres textes

5531. Jacques de Voragine *La Légende dorée. Vie et mort de saintes illustres*

5532. Grimm *Hänsel et Gretel* et autres contes

5533. Gabriela Adameşteanu *Une matinée perdue*

5534. Eleanor Catton *La répétition*

5535. Laurence Cossé *Les amandes amères*

5536. Mircea Eliade *À l'ombre d'une fleur de lys...*

5537. Gérard Guégan *Fontenoy ne reviendra plus*

5538. Alexis Jenni *L'art français de la guerre*

5539. Michèle Lesbre *Un lac immense et blanc*

5540. Manset *Visage d'un dieu inca*

5541. Catherine Millot O Solitude

5542. Amos Oz *La troisième sphère*

5543. Jean Rolin *Le ravissement de Britney Spears*

5544. Philip Roth *Le rabaissement*

5545. Honoré de Balzac *Illusions perdues*

5546. Guillaume Apollinaire *Alcools*

5547. Tahar Ben Jelloun *Jean Genet, menteur sublime*

5548. Roberto Bolaño *Le Troisième Reich*

5549. Michaël Ferrier *Fukushima. Récit d'un désastre*

5550. Gilles Leroy *Dormir avec ceux qu'on aime*

5551. Annabel Lyon *Le juste milieu*

5552. Carole Martinez *Du domaine des Murmures*

5553. Éric Reinhardt *Existence*

5554. Éric Reinhardt *Le système Victoria*

5555. Boualem Sansal *Rue Darwin*

5556. Anne Serre *Les débutants*

5557. Romain Gary *Les têtes de Stéphanie*

Composition Nord Compo
Impression Maury-Imprimeur
45330 Malesherbes
le 20 juin 2013.
Dépôt légal : juin 2013.
1ᵉʳ dépôt légal dans la collection : mars 2011.
Numéro d'imprimeur : 183133.

ISBN 978-2-07-043770-2. / Imprimé en France.